W0291663

L'affaire Marie Beaumont

Pierre Brasme

L'affaire Marie Beaumont

Les Éditions de
l'Officine

Du même auteur

Aux Editions de l'Officine :

- *Le voyage des Dorsay,* roman (2022)
- *Histoire de Metz en 80 jours* (2021)

Chez d'autres éditeurs :

- *Histoire de la République française et de ses présidents* (2007)
- *La Lorraine des origines à nos jours* (2012)
- *Histoire illustrée de la Lorraine* (2012)
- *L'Indésirable,* roman (2013)
- *La dernière photo,* roman (2015)
- *Le journal de Jeanne Haas. Metz, une ville dans la guerre, 1914-1918* (2016)
- *Le baiser d'Armadilli,* roman (2017)
- *Dernier seigneur*, roman (2018)

Tous droits de reproduction, de traduction ou d'adaptation réservés pour tout pays

Couverture : bing.com

© Les Editions de l'Officine, Mai 2023
29 Rue Gambetta
42000 Saint-Étienne
www.leseditionsdelofficine.com

Dépôt légal 2ème trimestre 2023
ISBN : 978-2-35551-371-8

« *Mais quel instant inoubliable que celui*
où je me retrouvais dans mon enfer, enfin seul. »

(Stefan Zweig, *Le Joueur d'échecs)*

« *Puis l'aube est venue, doucement.*
Il est l'heure d'éteindre les lumières. »

(Gaëlle Josse, *L'Ombre de nos nuits*)

Avertissement

Ce roman est une fiction.
Toute ressemblance avec des personnes existant
ou ayant existé est purement fortuite.

Le dernier jour de Marie Beaumont

Le lundi 2 mai 1977, vers 9 heures 30, Marie Beaumont se réveille, sous le flot d'une lumière déjà crue coulant en cascade du volet mal fermé de sa chambre, à moins que ce ne soit l'embardée brutale de son rêve qui lui ait ouvert les yeux sur l'intrusion aveuglante du jour.

S'éteignent alors, comme les dernières étoiles, les ultimes images de sa nuit, qu'effacent la vue rassurante de la chambre et, autour d'elle, ce silence majestueux dont elle aime comme à chaque matin écouter le tic-tac dans les vieux murs épais de la grande maison de pierre.

Elle reprend conscience qu'elle y est seule depuis le milieu de la journée d'hier, et cette pensée se fait long soupir de soulagement, en une délectation exquise et veloutée : ses parents sont partis à La Rochelle dans la famille de sa mère, et ils ne rentreront que le lendemain matin, elle ne les aura pas sur le dos de toute la journée. Une aubaine si rare qu'elle la déguste comme un fruit interdit.

Elle les aime, mais franchement ils abusent. Sa mère ultra-protectrice à en être anxiogène, presque toxique tant elle est possessive, son père obsédé jusqu'au milieu des repas familiaux par la grandeur perdue de la France, et le télescopage, certains soirs, de leurs esprits butés et de la vulgarité de leurs mots qui la font s'enfermer à double tour dans sa chambre et mettre à fond le premier 45 tours qui lui tombe sous la main. Pour parfaire le tout, il lui faut supporter chaque dimanche à 8 heures précises le footing avec son père, la grand'messe interminable et le soufflé au fromage de sa mère raté une fois sur deux.

Et surtout, réaffirmée à chaque soirée entre amis, leur conviction d'avoir engendré une fille exceptionnelle à laquelle ils réserveraient le moment venu un grand mariage.

Tout ça, elle n'aime pas, Marie. Elle a dix-sept ans, Marie, et elle se dit qu'elle a passé l'âge de la soumission aux règles de bienséance.

Ce qu'elle aime, c'est quand elle est seule dans la maison. Avec le silence intérieur de sa solitude, l'écoute de sa respiration, l'étonnement qu'elle peut arrêter le temps et s'y prélasser.

Et puis la veille au soir elle a décidé, comme ça sur un coup de tête, allez savoir pourquoi, qu'elle n'irait pas au lycée aujourd'hui, ce ne sera pas la première fois, elle trouvera bien une raison si on la lui demande. Marie a l'art des solutions au moins autant que celui des provocations.

Elle veut s'offrir une journée à elle, rien qu'à elle, assise au pied du grand chêne de Saint-Clément.

Marie se noie dans la douceur câline de la couette, et prend le temps de musarder encore un peu, savourant cet alignement inédit des planètes qui pour une fois va la laisser seule et libre. Elle redresse son dos contre l'oreiller moelleux, et relit la page de son journal intime qu'elle a rédigée avant de s'endormir – oui, Julien Roussel lui plaît bien, elle le trouve beau et marrant, elle aimerait qu'il fasse le premier pas, il serait temps, sinon, elle se le promet, c'est elle qui lui parlera. Qu'il soit son voisin de table au lycée ne lui suffit pas. Qu'il lui parle des écrivains qu'il aime et des romans qu'il a lus, ok, sauf qu'à son gré il en fait un peu trop, comme s'il les avait écrits lui-même. Lui traverse l'esprit, Marie, l'idée qu'ils pourraient se parler là-haut, près de la vieille croix, un peu de romantisme n'a jamais fait de mal à personne. Elle ajoute au stylo rouge qu'un jour, bientôt, elle lui donnera rancard, après le bac de français quand il sera temps de se lâcher.

Puis elle se dit qu'elle a encore le temps de lire une dizaine de pages du livre qu'elle a posé vers minuit au pied de son lit. Elle n'avait pas accroché tout de suite, puis il l'avait emballée au fil des pages. *La Peste*. Le prof de français leur a demandé de le terminer pour le 15 mai, il ne lui reste qu'une cinquantaine de pages à lire avant de rédiger sa fiche de lecture. Elle aime ce roman, comme elle a aimé *L'Étranger* et les deux Zola que monsieur Dietrich lui avait prêtés.

Lire. Elle en a mis du temps, mais maintenant elle en ressent le besoin et l'envie de rattraper le temps perdu, comme une gourmandise trop longtemps inaccessible. Une source à laquelle elle n'a jamais voulu boire.

Elle s'étonne encore elle-même, Marie, de cette soif brutale qui depuis trois mois s'est emparée d'elle au point même que toucher un livre et lisser sa couverture lui est maintenant une caresse, un apaisement. Elle n'avait jamais été une *liseuse*, et depuis le collège les profs ne cessaient de la tarabuster avec ça, comme si c'était une tare ou une maladie honteuse. Elle se reproche maintenant d'avoir été trop longtemps insensible aux mots, à leur message et à leur poésie, aux *choses littéraires*. Elle se dit que monsieur Dietrich est arrivé à temps.

Elle s'était toujours demandé, mais maintenant elle commence à le comprendre, pourquoi les écrivains écrivaient, comme elle aurait pu se demander pourquoi les chanteurs chantaient. Posséder une bibliothèque dans sa chambre lui avait semblé longtemps d'une totale inutilité, et elle n'avait cédé que devant l'insistance de ses parents pour au moins une étagère où ranger ses manuels scolaires et tous les livres d'enfants qu'on lui avait offerts mais qu'elle n'avait parcourus qu'en diagonale, quand elle les avait ouverts.

Lire l'avait toujours ennuyée, même à l'âge des premiers contes, dont elle préférait massacrer les pages en découpant les images à grands coups de ciseaux. L'idée lui en était venue un jour, elle venait d'avoir sept ans, lorsque la maîtresse leur avait lu l'histoire de la *Petite Poucette*, un conte d'Andersen, et leur avait expliqué que, enfant, le conteur adorait découper les papiers et les coller avant d'en faire des histoires. Ce fut pour Marie comme une révélation évidente : c'était aux personnages de raconter leur propre histoire, pas à celui ou celle qui avait écrit son nom sur la couverture : n'importe qui, même un enfant, même elle Marie avec son imagination, pouvait faire revivre tout ce petit monde des contes et des fables. Il était temps que les enfants prennent les choses en mains, s'était-elle dit, comme l'avait fait monsieur Andersen, désormais son héros à elle, celui qui avait tout compris.

À peine rentrée à la maison, elle avait grimpé quatre à

quatre les escaliers de sa chambre sans même prendre son goûter, s'était emparé au hasard de deux ou trois livres, et avait allègrement tailladé *Blanche-Neige*, *Le Chat botté* et *Les Trois Petits cochons*. Elle avait étalé tout ce petit monde sur la moquette au pied de son lit, et échafaudé son premier scénario. Puis elle avait appelé sa mère, qui avait poussé un cri d'orfraie et lui avait demandé si elle n'était pas devenue subitement folle.

C'est ainsi que Marie s'était mise à s'inventer ses propres histoires, et elle y passait des heures et des heures, seule car il ne fallait pas la déranger, elle était en pleine création artistique. Il fallait la voir, le nez dans le guidon, couper, plier, agencer et coller ses personnages sur de grandes feuilles Canson de couleur qu'elle punaisait sur les murs de sa chambre, créant des scénarios fantasques et improbables, le petit Poucet ramenant son chat à la mère Michel sous le regard du Chat botté, ou Peau d'âne dansant une ronde avec Riquet à la houppe sous les yeux de la Petite fille aux allumettes – sa manière à elle de refaire le monde, ou peut-être de le fuir. La chambre de Marie était devenue un immense décor de théâtre baroque dont elle était, ciseaux à la main, l'héroïne. Les livres étant épuisés, elle se mit à faire ses propres dessins et à les vouer au même sort.

Sa mère, d'abord inquiète sur l'état mental de sa fille, s'était accoutumée à cette forme de création hors normes, l'avait laissée faire puis l'avait même encouragée, voyant béatement dans les collages de sa fille un talent précoce et prometteur, comme l'annonce d'une future carrière artistique qui finirait bien un jour dans la haute couture donc dans la gloire, et elle avait décidé avec son mari qu'après son bac la petite surdouée ferait les Beaux-Arts à Paris. Elle s'était érigée en impresario de sa fille, et elle aurait volontiers joué le rôle d'attachée de presse pour mieux la vendre. Elle traînait la petite Marie dans les expositions, dans les musées, et annonçait à qui voulait l'entendre qu'on allait bientôt parler de sa fille comme d'une créatrice d'un genre nouveau.

Mais le beau rêve de madame Beaumont avait sombré corps et biens lorsque, à l'âge de treize ans, Marie avait, dans un accès de colère préadolescente la veille d'un vernissage dans le XVe où sa mère voulait la présenter à un créateur italien de ses connaissances, déchiré ses œuvres enfantines et renoncé d'elle-même à cette vocation imaginaire qui en y réfléchissant bien lui était parue du plus grand ridicule – comment ai-je pu être aussi idiote, s'était dit Marie dans un grand éclat de rire sitôt sa mère sortie en hurlant de la chambre ravagée.

Mais, chez Marie, rien d'autre n'avait compensé cet abandon subit, ni la musique (son père avait vainement essayé de lui mettre un violoncelle entre les mains, puis, sans trop y croire, tenté le piano) ni le sport (quelques séances de tennis et de gymnastique rythmique et sportive l'avaient épuisée). Rien n'intéressait Marie que le désintérêt de tout, et à l'adolescence elle s'en était fabriqué sans le savoir une espèce de philosophie de la vie, voire une religion.

Sa scolarité avait fait le désespoir de ses parents, et la sanction avait explosé à la fin de la première avec son pitoyable naufrage au bac de français. Son père, militaire de carrière, autoritaire et un peu vieille France, avait maudit les enseignants – tous des soixante-huitards antimilitaristes, disait-il – et repris les choses en main, en décrétant qu'elle redoublerait, et que ce serait sa dernière chance. Comme il allait quitter Orléans pour Metz, où le missionnait une belle promotion de lieutenant-colonel, Marie irait au lycée Fabert, d'excellente réputation, qu'un subordonné l'ayant fréquenté autrefois lui avait chaudement recommandé.

Pour Marie, ce fut comme un arrachement et la fin d'une époque.

La famille Beaumont était partie en Lorraine au mois de juillet 1976, et s'était installée dans un petit village viticole au bord de la Moselle et au pied des côtes boisées, entre Metz et Pont-à-Mousson. On y avait loué une charmante maison ancienne au centre du village, et Marie était entrée à Fabert quelques semaines plus tard, le matin du lundi 13 septembre.

Un peu comme une passagère clandestine, une étrangère, déjà déterminée à ne pas se fondre dans le moule et bien décidée à cultiver son statut de « nouvelle », parachutée avec son père dans cette ville qu'elle avait déjà cataloguée comme froide et inhospitalière. Elle allait leur en faire baver, comme elle avait déjà essoré la moitié de ses profs du lycée Jean-Zay d'Orléans.

Marie Beaumont n'avait pas gardé de ce jour de rentrée le meilleur des souvenirs, et dès la première heure de cours, avec le professeur de français, monsieur Dietrich, nouveau lui aussi dans l'établissement, elle s'était sentie mal à l'aise et avait décidé qu'on ne la lui ferait pas. Seule redoublante de la classe, et s'en faisant une gloire, elle avait boudé durant les deux premières semaines, et n'avait fait aucun effort pour s'intégrer, refusant les consignes et manifestant le plus vif désintérêt. Ses camarades se demandaient d'où elle sortait, et les quelques tentatives d'approche pour la décoincer n'avaient servi à rien. Elle n'aimait pas ses profs, par principe simplement parce qu'ils l'étaient.

Sauf tout de même, finalement, ce monsieur Dietrich, qu'elle considérait comme pas si mal, et qui peu à peu lui était devenu sympathique et acceptable.

Il était encore jeune, il parlait avec un subtil accent allemand et une voix à la fois douce et légèrement rocailleuse, il n'était pas vilain, avait un zeste d'humour, et possédait une forme d'intelligence simple doublée d'un certain anticonformisme. Bref il n'était pas dénué de charme. Il expliquait bien, mais il notait assez sévèrement – ce à quoi Marie, qui avait l'habitude, restait assez imperméable. De tous les professeurs, il était sans doute le plus proche de ses élèves, pas distant ou condescendant comme la plupart. Ses élèves l'aimaient bien et le respectaient, et Marie parlait souvent de lui à ses parents, qui avaient cru avoir enfin trouvé en ce monsieur Dietrich le professeur qu'il fallait à leur fille.

Marie se souvenait qu'un soir d'hiver, après les cours, alors qu'il neigeait et qu'elle attendait en grelottant son père en retard devant le lycée, il lui avait proposé de monter dans sa voiture pour qu'elle puisse se réchauffer (il faisait un froid de canard), et ils avaient parlé de choses et d'autres, de Metz qu'elle n'aimait pas et de ce patelin où elle mourait d'ennui, du lycée, de ses parents qui ne pensaient qu'à leurs soirées mondaines chez le gouverneur ou au Rotary. Subitement, monsieur Dietrich était devenu autre chose que son prof de français.

Peu à peu, l'attitude de Marie avait changé, elle s'était assagie et avait fait montre de bonne volonté. Elle s'était rapprochée de ses camarades, et s'était fait quelques amis. Au mois de janvier, monsieur Dietrich lui avait envoyé une gentille lettre pour la féliciter de ses progrès et de son attitude plus positive en classe. Elle l'avait relue plusieurs fois, et elle la conservait comme marque-page dans chacun des livres qu'elle lisait. Et aujourd'hui, après avoir accompagné ses lectures de Zola, la lettre se trouvait à la page 265 de *La Peste* de Camus.

La chambre de Marie, à l'étage, s'ouvre sur les vignes et, au-dessus, sur la forêt recouvrant la côte. L'une de ses premières promenades, quelques jours après l'installation dans le village, avait été, avec ses parents, pour un pique-nique dans la clairière de la croix dite de Saint-Clément. Marie avait aimé le bel arbre élancé et au large tronc, sans doute plusieurs fois centenaire, au pied duquel sa mère avait déplié une nappe bleu vichy, et d'où, en s'écartant de quelques mètres, la vue était imprenable sur la vallée de la Moselle. Ils avaient fait des photos, et Marie avait collé dans son journal intime, au revers de la couverture, celle où elle posait devant la croix.

Elle y était retournée trois ou quatre fois depuis, seule. Elle aimait quand, au pied de son arbre, elle entendait le vent arracher aux branches des gémissements plaintifs, et faire entonner au feuillage un bruissement quasi surnaturel qui l'envoûtait. Marie, sans se l'avouer (et elle en aurait été la première étonnée si on le lui avait dit), était au fond une fille romantique.

L'endroit, un peu mystérieux et empreint de la légende de l'évêque saint Clément (qui, disait-on, avait débarrassé la ville de Metz du fameux Graoully, ce dragon qui avait dans des temps reculés terrorisé la population), était devenu l'un de ses lieux privilégiés de lecture et de méditation ; elle s'y sentait comme à l'abri de tout. Elle se disait que là rien ne pouvait lui arriver.

De chez elle, en prenant à pied la route qui montait vers la côte pour rejoindre celle qui reliait la petite bourgade de Gorze au village d'Ancy, il lui fallait moins d'une heure. Aujourd'hui, elle passerait par la forêt dans l'espoir d'y cueillir les derniers brins de muguet épargnés par les promeneurs de la veille, puis rejoindrait le chemin menant à la croix, à quelques dizaines de mètres de la route.

Le temps de prendre sa douche et son petit déjeuner, puis de ranger sa chambre en deux coups de cuiller à pot histoire que sa mère ne lui fasse pas une crise en rentrant, Marie arrose, comme on lui a recommandé de ne pas l'oublier, les quelques jardinières de géraniums rouges bordant le balcon. Puis elle sort de la maison un peu avant midi, un petit sac de toile en bandoulière dans lequel elle a mis son livre, une boîte de galettes Saint-Michel, une petite bouteille d'eau et le bic rouge avec lequel elle souligne les mots qu'elle ne connaît pas et dont elle devra rechercher le sens, comme l'a demandé monsieur Dietrich.

Les rues du village, déjà noyées de soleil, respirent un air printanier, qui au fur et à mesure qu'elle s'en éloigne s'embaume des odeurs agrestes de terre et de forêt. Après avoir longé le vieux muret de pierres sèches séparant la parcelle de vigne de la route, elle bifurque à droite sur le chemin forestier. Il est 13 heures bientôt 30.

Elle se dit que la journée sera belle, et que demain sera un autre jour. Et puis, tant qu'à faire, que la vie aussi est belle. Tant pis pour ses parents et le lycée – de toute façon monsieur Dietrich les a avertis que ce matin-là il animait un stage de professeurs à Nancy, elle ne perdrait donc pas grand-chose.

Une heure plus tard, arrivée sur le plat de la côte, Marie traverse la route et s'engage par une sente étroite et sinueuse vers la clairière entourant la croix. Il n'y a pas âme qui vive – elle a seulement entendu comme l'écho répété d'un klaxon de voiture – ce qui la rassure car c'est son domaine, son refuge qu'elle imagine intouchable, et rien ne la contrarie plus que la présence de promeneurs, de cueilleurs de champignons ou de cyclistes qui, après la montée, qu'ils viennent de Gorze ou d'Ancy, viennent parfois reprendre leur souffle.

Comme c'est lundi, elle est certaine de ne pas être importunée, la foule c'était hier.

Marie s'installe au pied de son arbre et respire goulûment à plusieurs reprises en fermant les yeux, comme pour marquer à nouveau son territoire. Il fait déjà chaud, et, bien qu'à l'ombre, elle enlève ses baskets et remonte sa robe bleue jusqu'à mi-cuisses, personne ne la verra. Elle grignote quelques gâteaux en pensant à Julien Roussel, regarde sa montre – il est presque 14 heures – puis ouvre son livre.

Avant de reprendre sa lecture, elle ne résiste pas au plaisir de relire la lettre de monsieur Dietrich, qu'elle connaît par cœur et dont certaines expressions l'ont, sinon troublée, du moins émue, et lui ont laissé penser qu'il l'aimait bien, peut-être plus que les autres élèves, et plus que le devrait un professeur envers une élève de dix-sept ans. Mais Marie a la tête sur les épaules, la lettre de monsieur Dietrich n'est que l'expression de sa satisfaction qu'elle se soit enfin mise à lire, ce dont elle lui sera éternellement reconnaissante. Mais quelque chose dans cette lettre ne la laisse pas totalement indifférente, et, comme à chaque fois qu'elle la relit, elle en sourit béatement, songeuse. Son prof aurait-il un faible pour elle ? À cette pensée, elle ressent comme un agréable chatouillis au creux de son ventre, avant de chasser ce qui commence à l'entraîner dans un conte de fées.

Elle pose la lettre sur son sac, à côté d'elle, et commence à mi-voix, comme elle aime le faire lorsqu'elle est seule, la lecture d'un nouveau chapitre de son roman :

« *Oui, il fallait recommencer et la peste n'oubliait personne trop longtemps. Pendant le mois de décembre, elle flamba dans les poitrines de nos concitoyens, elle illumina le four, elle peupla les camps d'ombres aux mains vides, elle ne cessa enfin d'avancer de son allure patiente et saccadée. Les autorités avaient compté sur les jours froids pour stopper cette avance, et pourtant elle passait à travers les premières rigueurs de la saison sans désemparer. Il fallait encore attendre. Mais on n'attend plus à force d'attendre, et notre ville entière vivait sans avenir. Quant au docteur, le fugitif instant de paix et d'amitié qui lui avait été donné n'eut pas de lendemain. On avait ouvert encore un hôpital et Rieux n'avait plus de tête-à-tête qu'avec les malades. Il remarqua cependant qu'à ce stade de l'épidémie, alors que la peste prenait, de plus en plus, la forme pulmonaire, les malades semblaient en quelque sorte aider le médecin. Au lieu de s'abandonner à...*

Lorsque Marie perçoit juste derrière elle comme un souffle animal sur sa nuque, il est déjà trop tard.

Malgré le coup qui l'assomme, elle croise en un éclair les yeux du monstre, elle s'étouffe de la main plaquée sur sa bouche, et, immobilisée sous le poids qui l'écrase, elle sent bientôt une violence inconnue lui trouer le ventre et presque aussitôt s'y déverser une brûlure poisseuse, avant d'entendre craquer son cou.

Il est un peu plus de 14 heures .

Marie Beaumont ne se réveillera plus.

Pour Marie

Avant-hier, Marie, 7 avril 1978, ils m'ont dit qu'ils allaient me guillotiner.

Il était presque 19 heures quand ils m'ont ramené à la prison de Metz, mais cette fois dans le couloir des condamnés à mort.

Ce n'est plus pareil, car avant j'étais un simple détenu avant son procès, je m'y étais habitué, pendant ces onze mois qui l'ont précédé. Maintenant je suis un pauvre condamné qui attend la suite, la fin plutôt, je serai fixé sûrement à la fin de l'année, cela dépendra du déroulement de la procédure judiciaire.

Entre les deux détentions, les choses ont changé, tu peux me croire. Je m'en suis aperçu très vite.

D'abord, comme je dois rester visible 24 heures sur 24 pour ne pas échapper une seule seconde à leur surveillance même (et surtout) la nuit, il y a toujours une lumière allumée.

Ils m'ont aussi pris ma montre, comme pour m'empêcher de compter les heures qui me restent, une façon de me retrancher un peu plus encore de la vie normale, celle à laquelle je n'ai déjà plus droit. C'est la règle aussi, paraît-il, peut-être pour m'ôter l'idée de casser son verre et d'en avaler les morceaux pour me perforer de l'intérieur – je ne dois pas mourir avant qu'ils en aient décidé le moment, ça fait désordre un condamné qui se démolit avant l'heure fixée, ce n'est pas bon pour la réputation de la prison, et encore moins pour le dossier du directeur et des gardiens. Il faut que le condamné puisse se voir mourir, sinon c'est raté.

Que peuvent-ils encore me prendre de ce qui est à moi ? Ma mémoire ? Ma conscience ? Mon âme ?

Le gardien m'a apporté les feuilles et le stylo que j'ai demandés hier au directeur. Celui-ci voulait savoir si j'avais une lettre à écrire, à mon avocat ou à mes parents, il pourrait me faire apporter des enveloppes si je voulais, à condition de ne pas les fermer, c'est le règlement m'a rappelé le gardien d'un ton sec. Je lui ai dit que je ne savais pas encore, c'était au cas où. Mais le stylo, question sécurité comme pour la montre, je n'ai pas le droit de le garder après le repas du soir, ils me le rendent avec le café du matin, des fois que...

C'est à toi que je veux écrire Marie, rien qu'à toi. Ça, ils ne pourront pas me l'interdire, ni empêcher notre ultime dialogue. Ils n'oseront pas. Toi là où tu es, moi là où je suis. Je t'écrirai jusqu'au bout, chaque jour que je pourrai et que j'aurai le courage de le faire, tout dépend du temps que j'aurai, ça ne dépend pas de moi.

Tout te raconter, Marie, car tu ne sais rien. Rien de mon calvaire, rien de ce qu'ils m'ont fait subir. Tu as le droit de savoir.

———

Mon procès n'a duré que deux jours. Je savais que ça ne traînerait pas, et que forcément ça finirait mal. J'avais acquis le pressentiment, presque depuis le début de mon affaire, il y a dix mois, qu'il ne serait qu'une formalité expéditive et que le pire était possible, probable même.

Bien sûr, mon avocat m'avait promis de tout entreprendre pour faire triompher mon innocence, bien sûr il n'envisageait en aucun cas que les jurés puissent aller à la peine absolue, mais je voyais à son regard fuyant qu'il n'y croyait pas une seconde, et je savais qu'au mieux je resterais toute ma vie derrière les barreaux. Mais il y avait tant de haine contre moi et ce que je pouvais représenter, qu'il n'existait pas d'autre issue possible que la peine capitale. C'était couru d'avance.

On voulait mon sang, on voulait ma tête.

Mon procès, en fait, ce n'était pas pour dire si j'étais coupable ou non d'avoir tué Marie Beaumont, ou si on pouvait me trouver des excuses, mais pour étaler au grand jour et à la vue de tous la grandeur, la solennité et le caractère sacré et impitoyable de la justice des hommes. Il fallait faire un nouvel exemple, sacrifier sans trembler le premier pauvre type venu, et ce fut moi. Alors j'étais là, dans ce théâtre plein à craquer, pitoyable premier rôle de la bacchanale comme Quasimodo à la fête des fous, entouré de gens dont les robes noires et rouges m'auraient presque fait rire, de neuf jurés aux faciès lourds d'importance et de menaces, avec devant moi, dans la salle comble, le chœur des figurants anonymes pour qui Rainer Dietrich était le criminel idéal, le meurtrier désigné pour prendre les coups.

Dans un interminable réquisitoire ressemblant à une déclaration de guerre, l'avocat général Samain, dans le rôle du coryphée, avait fait de moi un monstre que la société ne devait pas laisser vivre. Dans sa toge rouge, qu'il faisait virevolter à grands coups de gestes du bras pour être plus terrible et plus convaincant, il me faisait penser à un comédien de théâtre grec au masque chthonien récitant avec une emphase surjouée les stances vengeresses de don Rodrigue. Large et massif, tantôt tonitruant tantôt d'une indicible commisération de façade, il semblait jouer le rôle de sa vie, celui qui le ferait entrer dans l'histoire.

Mon avocat m'avait mis en garde : Samain était un ténor parisien. Dans les affaires criminelles comme la mienne, il ne requérait que la mort et l'obtenait deux fois sur trois. C'est lui que les gens étaient venus écouter, je voyais leurs yeux exorbités d'une lâche approbation, ils buvaient ses paroles, ils approuvaient de la tête, ils jouissaient des banderilles empoisonnées qu'il me plantait dans le dos. Moi je l'écoutais assis dans mon box, presque indifférent. À la fin, après un silence insoutenable et en me désignant du doigt au bout duquel ne manquait que le poignard de la Justice, il a martelé que seul le sang de Rainer Dietrich pouvait laver le sang de Marie Beaumont. Après un dernier regard sur les jurés qui en disait long, il a légèrement incliné la tête vers les spectateurs, attendant presque les applaudissements et le rappel, puis a repris sa place, déjà victorieux.

Maître Bloch ne pouvait pas lutter contre un tel raz-de-marée. Il était le gringalet devant le colosse. Perdu, comme déjà écrasé par le triomphe assuré de l'avocat général, il semblait paralysé, tétanisé, et il lui avait fallu déployer d'inutiles arguments pour essayer de retourner les jurés et le public en ma faveur. Il m'avait dépeint comme un pauvre type victime d'une machination (il n'avait pas osé dire « policière ») et contre qui il n'y avait pas de preuves établies, juste des présomptions. Il a tenté de prouver que mes aveux avaient été arrachés, mais ça ne tenait pas vraiment la route, à tel point qu'à un moment il y a eu des rires dans la salle, quand il a parlé d'un mystérieux cycliste présent sur les lieux du crime. J'ai vite compris que c'était cuit, et je me suis dit qu'il ne pouvait pas convaincre ceux qui allaient décider de mon sort. Il a bien essayé de dire, presque en suppliant et d'une voix brisée, la main sur le cœur, que ma mort n'allait pas empêcher d'autres crimes, mais le pire c'est que la force de conviction n'y était pas.

Vers 19 heures, une sonnerie stridente a annoncé la fin du délibéré.

Ils avaient fait vite, mais je n'aurais su dire si c'était bon ou mauvais signe, simplement que mon dossier avait dû leur sembler clair, qu'il n'y avait rien à ajouter, et qu'ils n'avaient pas tourné longtemps autour du pot. J'allais être fixé.

De la petite pièce obscure et froide où l'on m'avait fait asseoir, menotté et sous bonne garde sur un banc, les gendarmes, visiblement soulagés de la rapidité des débats, m'ont reconduit par un long couloir mal éclairé jusqu'au box pour y entendre le verdict. Lorsque je suis entré dans la salle, j'ai été frappé par les regards de tous ces gens, qui me dévisageaient avec une curiosité animale et semblaient déjà savoir avant d'avoir entendu.

Une dernière fois j'ai regardé tes parents, là, au premier rang, venus réclamer leur dû, la damnation du tueur de leur fille. Ton père au visage de cire, dévasté mais digne dans son uniforme des grands jours, képi et gants blancs sur les genoux, ne lâchant pas la main de ta mère, ta mère éplorée et détruite en habit de grand deuil, les yeux morts cachés derrière une voilette noire peut-être pour ne pas croiser mon regard. Deux gisants déjà hors du monde et du temps, descendus de leur catafalque pour y retourner dès la sentence prononcée, et qu'on allait sceller définitivement dans leur tombeau. Leur silence de martyrs pendant tout le procès ne cessait depuis son ouverture de me faire basculer vers la conclusion logique d'une condamnation absolue.

Celui, de silence, de la salle d'assises était à couper au couteau, épais, angoissant et terrible. Un silence monstrueux dans lequel j'ai perçu, fondant sur moi, comme une vague me hurlant que c'était mort. La chaleur elle-même, lourde et visqueuse, coulait, menaçante, le long des hauts murs, et dans l'étuve de cette grande salle du palais de Justice de Metz, je frissonnais devant cette certitude qui me décapitait déjà.

———

J'essayais de ne pas regarder l'immense et terrifiant tableau tragique représentant le Christ aux bras écartelés suspendu au-dessus de mes juges impassibles, qui semblait ne pas m'avoir quitté des yeux depuis le début, comme si, se demandant ce qu'il faisait là, il me suppliait de le déclouer, ou plutôt, pensais-je, s'il ne m'accusait pas, moi, de l'avoir cloué de mes propres mains et que c'était sa souffrance à lui que j'allais devoir payer au prix fort au nom de toute l'humanité coupable qui allait enfin être vengée.

J'ai reconnu, perdus au milieu de ce public étrange et anonyme, les visages blêmes et décomposés de Julien Roussel et de mademoiselle Lasard, qui semblaient effondrés. Celui aussi du concierge de mon immeuble, un type sans âge et aux yeux globuleux qui m'avait détesté dès le jour de mon emménagement, sans doute à cause de mon nom et de mon accent.

J'étais debout face à la cour et à la foule des honnêtes gens.

J'essayais de ne penser à rien.

Pendant plusieurs longues secondes, j'ai fixé, au-delà des hautes fenêtres, les arbres apaisants de l'Esplanade, indifférents à mon malheur. Le ciel m'éblouissait, celui d'un printemps qui frappait à la porte. Je voyais, ou plutôt j'imaginais, aux lisières de ce monde qui n'était déjà plus le mien, où je n'avais plus rien à faire, des gens déambuler sur les allées de sable rouge, ou lire sur un banc comme il m'était arrivé de le faire en sortant du lycée, dans une vie maintenant antérieure, déjà morte, déjà oubliée. Il me semblait y reconnaître les fantômes que j'irais bientôt rejoindre, et leur présence irréelle m'a été comme un apaisement.

Puis j'ai capté, comme un signal venu de loin à travers un épais brouillard, la voix dure du président de la cour d'assises demander le calme, et avertir qu'il ne tolérerait aucune manifestation à l'énoncé de la sentence. Il m'a regardé dans les yeux durant quelques interminables secondes, sévèrement ou avec compassion je ne saurais dire, et là j'ai compris que cet homme allait me dire qu'ils avaient décidé de me tuer.

Il a annoncé lentement, d'une voix de stentor qui résonnait dans mes oreilles comme l'écho dans une caverne, que j'avais été reconnu à l'unanimité coupable du meurtre de Marie Beaumont, avec préméditation et sans circonstances atténuantes, avant de proclamer haut et fort que j'étais condamné à la peine de mort. Il aurait pu ajouter, pour donner plus d'importance et de dignité à la chose, qu'il le décrétait au nom du peuple français, mais ça ne se faisait plus paraît-il, et je ne vois pas ce que le peuple français aurait eu à voir là-dedans, à part se réjouir de mon sang bientôt versé en regrettant que ma mise à mort ne soit pas immédiate et publique, sur une plate-forme comme au bon vieux temps pour que tout le monde puisse voir ma tête décrochée et mon sang éclabousser la foule repue.

———

Je me souviens que, bizarrement, ma première pensée a été pour mes parents, et que mon exécution signifierait pour eux la fin lente et douloureuse de leur vie, qu'ils avaient vécue pour moi. J'aurais voulu qu'ils soient là pour que j'aille tout de suite me jeter à leurs pieds et m'excuser auprès d'eux, en les prenant dans mes bras.

L'idée même d'une mort sanglante ne m'est pas venue tout de suite, peut-être parce que je l'avais déjà intégrée et qu'elle m'apparaissait finalement comme la seule option logique, et, à tout prendre, la meilleure parce que définitive.

Mon avocat, blême et aux joues soudain creusées, s'est tourné vers moi et a bêtement posé sa main moite et froide sur la mienne, comme si cela allait y changer quelque chose. Peut-être était-ce sa manière de s'excuser de n'avoir pu éviter la sentence, ou de me dire « allons ça ira ce n'est pas si grave, ayez confiance je vais m'occuper de tout ».

Malgré la menace du président, beaucoup de gens ont applaudi, certains ont poussé des cris d'approbation, de triomphe presque. Ça m'a fait drôle plus que ça ne m'a blessé, cette réaction animale et primaire, c'était comme une explosion de joie, un cri de délivrance, comme s'ils s'étaient retenus pendant des heures, pendant des jours. C'est incroyable à quel point la haine peut dégénérer les hommes et les ramener à un état primitif et reptilien.

Quelqu'un, il m'a semblé que c'était une femme, a même crié « À mort le boche ! »

J'ai cru voir aussi le sourire carnassier des deux flics qui m'avaient arrêté et extorqué mes aveux. Bien que debout au dernier rang comme s'ils étaient arrivés en retard juste pour entendre le verdict avant d'aller sabrer le champagne avec leurs collègues de la rue des Trois-Boulangers, je les ai reconnus, Corbino à son visage en lame de couteau et à sa gueule de salaud aiguisée par la haine, Duroc à son faciès sournois et sans consistance. Ces deux types avaient hanté mes nuits. Ma condamnation à mort c'était leur salaire, la justification de leur zèle odieux à me pousser aux aveux.

La guillotine, je m'y attendais plus ou moins.

Il y avait eu pendant des semaines, depuis le début de

l'enquête, trop d'appels à la vengeance, la loi du talion, le retour aux temps barbares, comme s'il fallait bien que quelqu'un paie un jour pour tous les criminels qu'on avait épargnés ou qu'on n'avait jamais retrouvés. Je savais qu'au début de l'enquête le journal de la ville s'était acharné sur moi sans retenue, « le monstre allemand », « le tueur de la Sarre », comme si à Metz, vingt ans après, on jugeait le dernier criminel de guerre, l'assassin de la fille d'un brillant officier français, celui dont la mort allait solder les haines encore perceptibles que l'on avait camouflées au fond des caves et des vieux souterrains de la ville.

Dans la salle d'audience, et même, je me l'imaginais, autour de l'immense bâtiment, sur la place de la République et sur l'Esplanade, il me semblait que les gens n'attendaient que mon exécution, là, sur-le-champ, qu'on en finisse, sans doute cela aurait-il été mieux, pour eux et pour moi. Je savais qu'à Metz, pendant la Révolution, on guillotinait les gens le jour même de leur procès, en face du théâtre, place de la Comédie, à deux pas de mon lycée : je me suis dit que ça aurait mieux valu, un coup de lame, tout de suite, et l'affaire aurait été réglée. Aujourd'hui on fait ça dans les règles, *humainement* comme on dit, au nom des droits de l'homme et du respect de la personne humaine.

Le président, livide et les yeux exorbités, s'est mis dans une méchante colère et a fait évacuer la salle. Les gens sont sortis comme on sort d'une séance de cinéma ou d'un cirque, ne manquaient que la farandole finale au son d'un orchestre, les flonflons de la fête et une coupe de mousseux offerte à la sortie du prétoire. Les cris ont continué à l'extérieur de la salle, dans les couloirs et les escaliers. Chez eux, pour les endormir et se donner bonne conscience, les gens allaient raconter à leurs enfants, avec leurs mots à eux, l'histoire de l'ogre de Metz, du prédateur venu d'Allemagne qui allait payer.

———

Les deux gendarmes entre qui j'étais resté debout m'ont emmené sans dire un mot, sans un regard. Ils étaient là parce qu'on leur en avait donné l'ordre. Ils n'avaient rien à dire, et sans doute ne pensaient-ils rien sinon que leur journée dans cette sale ambiance poisseuse touchait à sa fin. J'avais du mal à réaliser, mais bizarrement quelque chose m'empêchait de sombrer dans la folie qui doit s'emparer d'un homme normal quand on lui annonce qu'on va lui couper la tête.

Ce qui m'a fait le plus de peine, c'étaient les sanglots incessants de la jeune assistante de mon avocat (elle s'appelait Monique Anselme), qui s'était presque prise d'affection pour moi depuis le printemps. Elle ne devait pas avoir plus de vingt-six ou vingt-sept ans (elle aurait pu être toi, Marie, dans quelques années). C'était son premier procès en assises, d'après ce que m'avait dit maître Bloch. Elle me faisait pitié dans sa robe noire trop grande, qui lui donnait l'air d'un déguisement qui ne lui allait pas. J'ai réalisé que je n'avais pas facilité la tâche de la défense. Maître Bloch m'a tout de même dit qu'il ferait appel et qu'il viendrait me voir rapidement, je ne devais pas m'inquiéter, il y avait quand même eu, à son avis, quelques failles dans l'enquête, qu'il allait reprendre. Je lui ai répondu que de toute façon j'avais tout avoué, pas besoin de preuves, il n'y avait pas à y revenir, c'était trop tard, l'affaire était close et entendue.

Dans le fourgon qui m'a ramené du palais de Justice à la maison d'arrêt, presque à côté, dans le vieux centre ville, deux autres gendarmes se sont assis en face de moi. Le plus vieux, un bon bougre, avait l'air catastrophé. Il m'a dit que je devais faire confiance à mon avocat, aujourd'hui on n'exécutait plus pour un oui ou pour un non, d'ailleurs, selon lui, on allait bientôt abolir la peine de mort en France, alors avec un peu de chance, si maître Bloch s'y prenait bien, je m'en sortirais, et puis au pire il y avait la grâce du président, Giscard avait laissé faire pour Ranucci l'année dernière, mais cette fois il n'oserait sûrement pas. Je lui ai répondu que je m'en fichais comme de l'an quarante, au point où j'en étais... Il a haussé les épaules, comme s'il était vexé, et, juste avant d'arriver dans la cour, il s'est allumé une cigarette. L'autre n'a rien dit, mais je sentais son regard lourd sur ma nuque.

Le soir, le directeur de la prison, monsieur Toussaint, est venu me voir dans ma nouvelle cellule, dans le couloir des condamnés à mort, au sous-sol. Avant, en attendant mon procès et jusqu'à hier soir, j'étais au bout du premier étage, une cellule comme tout le monde. Maintenant, c'est une cage d'animal de zoo, une cage de fauve avec de gros barreaux où je serais constamment sous surveillance, à cause du règlement : le prisonnier ne devait jamais être hors de vue, même la nuit avec une ampoule électrique juste au-dessus de son lit. Ce qui m'a surpris, c'est que la cellule semblait avoir été refaite à neuf exprès pour moi, comme on repeint un appartement avant l'arrivée d'un nouveau locataire, contrairement aux deux cellules en face de la mienne, vides et comme confites dans un temps où elles avaient dû servir. La mienne au moins avait un coin toilette à peu près décent.

Avec le directeur, on a un peu parlé. Il ne s'attendait pas à une sentence pareille. J'ai eu l'impression que ça l'embêtait d'avoir un condamné à mort chez lui, surtout si jeune, c'était une sacrée responsabilité. Je savais qu'il n'en avait plus eu depuis Gunther Volz, en 67, qu'on avait exécuté quelques jours avant Noël, six mois seulement après son procès. Monsieur Toussaint m'a avoué que ce n'était jamais simple, et que les problèmes ça ne vient pas tant du condamné, qui se tient généralement à carreau au point qu'il est difficile d'y voir un assassin, mais de l'administration et de la chancellerie, et de l'avocat qui pinaille pour un rien sous prétexte que son client n'est pas bien traité. Il m'a dit aussi que l'aumônier de la prison viendrait me voir si je le souhaitais – je lui ai dit que ce n'était pas la peine.

Les autres détenus étaient déjà sans doute au courant de mon verdict, ici les nouvelles vont plus vite que le tam-tam de la brousse, et ça crée au début une certaine nervosité dans la prison, j'aimerais bien savoir pourquoi, peut-être l'arrivée d'un intrus encombrant, ou alors une forme de soutien ou de solidarité avec le type qu'on allait guillotiner un beau matin, qui représentait ce que la justice avait de plus abject et de plus absolu. J'étais devenu à leurs yeux un type hors normes, un symbole de je ne sais quoi ou de tout ce qu'on veut, une victime, même si pour certains j'étais un salopard d'avoir massacré une fille. J'en avais bavé lors des premiers jours de ma détention, au moment de l'enquête, les caïds menaçaient de me faire la peau, j'étais un violeur tueur, ils disaient que je ne devais pas vivre. On ne pouvait pas prévoir les sautes d'humeur de certains, ça leur arrivait de s'exciter sur un pauvre type.

Le directeur m'a dit aussi, et j'ai senti qu'il était sincère, de garder confiance, que mon avocat trouverait sûrement une faille pour justifier l'appel et faire casser mon procès. Il m'a assuré qu'il ferait tout pour que mes conditions de détention se passent le moins mal possible, mais qu'il devait veiller au respect strict du règlement, isolement, surveillance 24 heures sur 24, promenade seul, il ne voulait pas d'histoires, je lui ai répondu qu'il n'avait rien à craindre, je resterais tranquille et je ne tenterais pas de mettre fin à mes jours si c'était ce qu'il redoutait.

Je lui ai juste demandé s'il pouvait me fournir des feuilles de papier et de quoi écrire.

Maintenant, Marie, je vais te raconter.

Tout a commencé un matin au début du mois de mai de l'année dernière, le 4 mai, comment oublier ? un mercredi, vers 9 heures.

J'étais sur le point de partir au lycée, je venais d'avaler mon café et de ranger dans mon sac un paquet de copies à vous rendre, un commentaire d'un extrait de Stendhal que vous m'aviez remis au retour des vacances de Pâques. Je peux te le dire, Marie, tu avais eu l'une des meilleures notes, je te sentais remonter la pente, et j'étais fier de toi. Je t'aurais dit que, cette fois, le bac de français tu pouvais y croire.

J'étais un prof heureux. Trop peut-être. J'étais dans le lycée idéal, je voyais mes élèves progresser et devenir de vrais littéraires, et ma thèse de doctorat sur Stefan Zweig allait enfin aboutir dans quelques mois. J'avais créé des liens avec deux de mes jeunes collègues de français avec qui nous envisagions de créer un club d'écriture, on en parlait parfois, le soir, dans un restaurant de la place de Chambre qui était devenu notre quartier général et où ça discutait ferme. J'aimais mon métier, j'aimais mes élèves. Mais maintenant je me dis que j'avais sans doute oublié qu'on peut être à la merci d'une panne du destin ou d'un coup de vent contraire qui fait tomber et s'aplatir au sol sans espoir de se relever. C'est ce qui m'est arrivé, Marie, et qui m'a conduit dans cette cage où je commence à t'écrire mon malheur.

La veille au soir j'avais téléphoné à mes parents, comme je le faisais chaque semaine. C'était important ce lien, pour eux comme pour moi. Ça pouvait parfois durer une heure, personne n'avait envie d'arrêter, on parlait de tout et de rien comme pour repousser le moment de raccrocher, et c'était à qui le ferait – toujours moi bien sûr –, allez je vous laisse, j'ai encore du travail. L'essentiel était de nous rassurer et de dire que tout allait bien, eux leur santé, même si je savais que maman commençait à peiner, moi mon moral et cette charge de travail qu'ils s'imaginaient monstrueuse et dont ils craignaient qu'elle m'empêche un jour de fonder une famille. Ils aimaient m'entendre parler de mes élèves, ils étaient fiers que j'enseigne les lettres à de jeunes Français, moi né en Allemagne. Je leur ai dit aussi que j'avais été deux jours plus tôt à Nancy pour mon travail, et je leur ai promis de les y emmener à l'occasion pour leur montrer la place Stanislas et leur faire goûter les bergamotes.

C'est ce soir-là que j'ai perdu pour toujours leur voix et eux la mienne : sans le savoir, ce fut ma première condamnation.

Puis est venu le matin de ce 4 mai...

———

Il faisait beau, une clarté printanière sans défaut et prometteuse. Le soleil de mai commençait à envahir mon appartement, et par la fenêtre j'ai dégusté pendant quelques secondes ma vue imprenable sur le mont Saint-Quentin et à sa droite, dominant elles aussi la ville, les tours de la cathédrale et de l'ancien temple de garnison.

C'est le moment qu'a choisi le diable pour forcer ma porte et violer ma vie. Trois sonneries stridentes et répétées dont je me suis dit qu'elles ne m'annonçaient rien de bon. Trois sonneries suivies d'une volée de coups de poing violents, et une voix hurlant « Police, ouvrez ! »

Un coup de frein brutal qui vous envoie dans un gouffre sans fond et vous annonce la fin des temps bénis. Un craquement de tout ce qu'il y avait juste avant, et qui, vous le savez déjà, ne reviendra plus. On croit toujours que le malheur c'est pour les autres. Mais non, ce n'est pas vrai, Marie, toi tu le sais, le malheur ne choisit pas ses victimes par hasard, il t'a fauchée dans ton innocence, moi il m'a rattrapé deux jours après.

J'ai ouvert.

Trois loups.

Trois regards de glace, presque inhumains.

Le premier, le chef de la meute visiblement, s'est présenté d'un ton comminatoire comme étant l'inspecteur Duroc, tout en me flanquant sous le nez sa carte d'inspecteur de police, avec ces trois bandes tricolores contre lesquelles on ne discute pas. J'ai reculé. Il m'a demandé si j'étais bien Rainer Dietrich, j'ai bien sûr dit oui, et que je devais les suivre au commissariat sans résister, j'ai dit pourquoi, un autre m'a hurlé « Ta gueule ! » Je ne comprenais pas ce qu'ils me voulaient.

Avec un troisième policier il a commencé à piller les pièces, il a ouvert mes armoires et s'est mis à vider par terre les tiroirs de mon bureau, sans gêne, je ne sais pas ce qu'ils pouvaient chercher, peut-être seulement pour m'impressionner et faire les malins, et comme pour me faire comprendre que ce territoire entre mes quatre murs ce n'était plus le mien et qu'ils y prenaient le pouvoir... Un flash m'a rappelé que chez mon père aussi les loups à croix gammée avaient fait ça quand il étaient venus pour l'embarquer, sauf que lui ils l'avaient déjà tabassé avant de tout vider.

J'ai demandé des explications, j'ai protesté, ils n'ont pas répondu. Alors je me suis tu, mais je sentais mon sang se figer et mon cerveau se briser menu comme de la gaufrette.

Un lourd pressentiment m'a dit que je n'irais pas au lycée ce jour-là, et que je ne rentrerais pas chez moi ce soir.

Ils m'ont passé les menottes aux poignets, sans que je m'en rende vraiment compte, comme un tour de passe-passe. J'ai compris que ce n'était pas un jeu, pas une erreur, et que c'est bien moi qu'ils voulaient prendre. J'ai senti le poids du ciel couler sur moi comme du plomb fondu. Ma vie me semblait s'arrêter pour me faire entrer dans une autre que je n'allais plus pouvoir contrôler, dans laquelle il n'y aurait plus jamais de soleil ni de rire ni d'écrivains, Marie, à te faire aimer ou à te faire lire. Ils m'ont fait dévaler les deux étages à toute vitesse comme si l'immeuble était en feu, et m'ont jeté à l'arrière de leur voiture, sous les regards voyeurs de quelques passants médusés. La voiture a démarré sur les chapeaux de roue, comme dans un polar au cinéma, ne manquaient plus que le crépitement des flashes et les vociférations vengeresses de la foule.

—————

Pendant le trajet, qui a duré un bon quart d'heure vu la circulation à cette heure-là, j'ai encore demandé ce qu'ils me voulaient, ce que j'avais fait, s'il y en aurait pour longtemps, mes élèves m'attendaient au lycée pour 11 heures. Ils ne m'ont pas répondu, mais j'ai senti le regard mauvais du flic qui était à côté de moi, celui qui m'avait gueulé dessus, un grand type sec mal rasé, au visage en lame de couteau, le genre de tête qu'on ne peut pas oublier et qu'on reconnaît même dans le noir. Celui qui s'appelait Duroc, le chef, m'a dit que si j'avouais vite, si je crachais le morceau vite fait bien fait, ça serait mieux pour moi et pour tout le monde, ils n'avaient pas l'intention d'y passer des heures avec cette histoire dégueulasse qui leur tombait dessus, comme s'ils n'avaient rien d'autre à foutre, et que de toute façon mon sort serait réglé avant ce soir.

Je n'ai pas compris ce à quoi il faisait allusion, j'étais comme tétanisé. Je me suis demandé si je ne rêvais pas, non je ne rêvais pas. Par les vitres de la voiture je voyais la ville vivre, mais je ne la reconnaissais pas ; des gens marchaient, des enfants couraient, des voitures circulaient dans tous les sens, mais comme des fantômes au ralenti. Je percevais des bruits, mais venus de très loin. Ces trois types, là, qui me possédaient déjà, ils étaient bien réels, je sentais leur odeur, leur respiration, tout était vrai. Alors que me voulaient-ils ? Qu'avais-je fait pour me retrouver là, dans leur voiture de flics ? Je n'avais entendu parler de rien qui puisse me concerner, en tout cas qui puisse expliquer ce qui était en train de se passer.

La ville, subitement m'est devenue étrangère et hostile. Je ne savais pas où ils me conduisaient. Ils se sont arrêtés devant le commissariat central, rue des Trois-Boulangers, pas loin de la place Saint-Louis où j'aimais déambuler sous les vieilles arcades. Sans un mot, sans ménagement ils m'ont extrait de la voiture. Comme un chien galeux ils m'ont tiré par une laisse attachée aux bracelets serrés à mort sur mes maigres poignets, ils m'ont fait entrer dans une pièce, et comme un sac ils m'ont jeté sur une chaise en bois branlante face à un lourd bureau de fer. Ils ont accroché l'une des deux pinces au gros radiateur de fonte juste à côté de moi.

Me voilà devant eux, Marie, dans cette pièce sinistre et angoissante comme le fond de cale d'un vieux cargo rouillé, autrefois l'enfer des esclaves et des sous-hommes. Un bureau de flics, sombre, glauque, sans autre décor que la tristesse des murs jaunes et le blanc sale d'un plafond écaillé par l'humidité. Il pue la bière et le tabac, la paperasse et le remugle poisseux des aveux extorqués, une odeur qui me semble imprégner jusqu'à la peau les types qui sont autour de moi, et qui me donne la nausée. La fenêtre au-dessus du radiateur auquel je suis attaché ouvre au loin sur les toits sales et gris du centre-ville. Pour ajouter à l'atmosphère angoissante de la pièce, une étagère métallique bourrée jusqu'au plafond de gros classeurs Centra semble archiver tout ce qui s'y est passé, tout ce qui s'y est dit, en attendant que l'un d'eux qu'ils baptiseront de mon nom n'avale ce qu'ils veulent me faire cracher.

Mais cracher quoi ? Je ne sais pas ce qu'ils me veulent. Je ne sais pas ce qui leur a pris. Je ne sais pas ce que j'ai bien pu faire. Mes pensées, confuses et imprévisibles, trébuchent les unes sur les autres comme un domino, fusent et se télescopent à tout rompre dans ma pauvre tête. À la violence qui m'est tombée dessus j'élimine d'office la simple formalité, la vérification d'identité, le papier à signer ou le témoignage dans une affaire lambda, non, ils ne m'auraient pas embarqué comme ça tout de même, telle une bête sauvage, avec cette armada débarquant chez moi pour capturer l'ennemi public numéro un ! Ce doit être plus sérieux, et même sûrement grave, mais quoi ? Me prendrait-on pour un espion à la solde du KGB, ou y avait-il un problème avec ma naturalisation ? Ou alors une erreur, on m'aurait pris pour un autre, on m'aurait confondu avec un type qui me ressemble ? Ils ont cogné à ma porte, mais était-ce moi qu'ils venaient chercher ?

Ils savent quelque chose que je ne sais pas.

———

Ils sont cinq maintenant, les trois cow-boys et deux autres dont l'un qui doit être sûrement le commissaire principal parce qu'il est le plus âgé, la cinquantaine, et que les autres se sont presque mis au garde-à-vous dès qu'il est entré, comme dans un geste de soumission craintive. Son allure calme et posée qui tranchait avec la dégaine des trois types qui m'avaient amené ici, m'a fait comprendre la gravité de la situation.

J'étais face au grand patron.

Le seul à être bien sapé, rasé de près, costard trois pièces, nœud papillon écossais, et des boutons de manchette nacrés bien en évidence. Un type longiligne, mais des allures d'un bon fonctionnaire, un *pacha* en langage de flic, qui en impose d'un seul regard. J'avais entraperçu son nom sur la porte du bureau en y entrant tout à l'heure, Edmond Bourgeois. À sa manière glaciale de me fixer, mâchoires serrées, je comprends que je ne vais pas être à la fête, et que je suis le menu du jour.

Ils sont debout autour de moi, et moi tout petit au centre, paralysé comme le gringalet de la cour de récré sur lequel ils vont taper. Intérieurement je panique, pourquoi sont-ils autant ? Les battements de mon cœur s'accélèrent, et une trouille diabolique me cogne dans la tête. Je voudrais rester digne, faire face. Ne pas ciller, ne pas trembler, rester maître de moi-même et puiser au fond de moi les armes qui me permettront de leur tenir tête. Combat inégal, perdu d'avance.

En même temps je pense au lycée, à mes élèves qui doivent commencer à m'attendre. Je pense à toi, Marie, et à ce que je devais te dire ce matin-là.

J'essaie de garder mon calme, de ne pas baisser les yeux. Mon père m'avait toujours dit : « Si tu baisses les yeux devant plus fort que toi alors t'es foutu ». Je respire un grand coup, je demande au commissaire ce que je fais ici, ce qu'il se passe, pourquoi ils m'ont embarqué sans même m'en expliquer la raison. Mes questions restent sans réponse, alors je me tais, j'attends, ça les calmera peut-être.

Vers 11 heures et quart, ils se décident.

C'est parti. La machine se met en route. Soulagement : je vais savoir, pouvoir répondre, peut-être entendre leurs excuses, peut-être pouvoir rentrer chez moi. Je déchante vite. La mise en bouche d'abord, sans égards : l'*Identité*, nom, prénom, date et lieu de naissance, nom des parents, nationalité, profession, situation de famille, adresse. La grosse Japy noire crépite, chaque touche percutée me perfore les tympans, comme une mitraille. Je réponds calmement, poliment : ne pas les énerver, il suffirait d'un rien, ils n'attendent que ça à mon avis, comme des dogues qui sentent le goût de la viande et du sang.

À la fin, le flic du bureau me confirme d'un ton solennel que mon nom est bien Rainer Dietrich, 30 ans, célibataire, né à Sarrelouis, Sarre, République fédérale d'Allemagne, le 7 décembre 1946, mes parents s'appellent Julius Dietrich et

Emma Strasser, demeurant à Trèves, je me suis fait naturaliser français en 1965, je suis professeur de lettres au lycée Fabert, et j'habite 130 rue de Queuleu à Metz.

Il tire la feuille d'un coup sec, comme s'il dégainait son flingue, il me la fait relire et me dit de signer en bas, sous la date, 4 mai 1977. Je la lis en diagonale, je dis simplement que mon prénom, Rainer, s'écrit avec un *a*, pas avec un *e*, je signe de ma main droite libre. Il corrige en maugréant (« Ça y est, t'es content ? Pour ce que ça changera… », me dit-il) et met la feuille à l'intérieur d'une chemise cartonnée, avec une précaution affectée de clerc de notaire, persuadé de détenir la première pièce à conviction, le départ de la grande enquête du siècle.

Ça y est. En plus des menottes, me voilà désormais avec un dossier à mon nom, moi qui n'ai ni casier judiciaire ni rien à me reprocher, même pas une contravention, un rappel à l'ordre ou un avertissement quelconque. Dans un recoin encore vierge de mon cerveau s'imprime au fer rouge la certitude que ce dossier qui s'ouvre m'accompagnera jusqu'à la fin de mes jours, comme une honte sur le front, une infamie, une tache que rien ne lavera jamais. Je revois en fulgurance la marque violette du numéro que les nazis de Sarrebruck avaient gravé à vie sur le bras de mon père, et qu'il n'a jamais réussi à effacer.

Étiqueté, classé, casé, archivé dans la catégorie des mauvais sujets, des voyous malfaisants, des brigands, des assassins, sans savoir ce que j'ai fait ou ce qu'on me reproche : voilà à quoi je ressemble maintenant, Marie. Et je ne sais toujours pas ce que j'ai pu commettre.

Sentiment glaçant, honteux, terrifiant, le premier pas vers quelque chose d'irréversible, d'où je ne reviendrai pas, quelque chose qui allait me conduire à un enfermement sans fin et à l'exclusion d'une société dans laquelle j'avais trouvé ma place.

———

Mon avocat est venu me voir hier en fin d'après-midi. Je venais à peine de relire le récit que je t'ai écrit de mon arrestation et du début de mon interrogatoire, quand deux gardiens sont venus me chercher pour me conduire au parloir où m'attendait maître Bloch.

Il était déjà passé le lendemain de ma condamnation, pour me faire signer mon pourvoi en cassation, il m'avait dit qu'il ne fallait pas tarder, battre le fer quand il est chaud pour ne pas perdre de temps car c'est souvent très long. Je m'attendais à une mine déconfite, il est vrai que j'étais son premier condamné à mort, et qu'il n'avait pas pesé lourd devant les terribles salves de l'avocat général. Mais non : tu l'aurais vu, avec son optimisme béat et sa certitude presque euphorique à l'idée de gagner la deuxième bataille, la décisive, celle du pourvoi, comme s'il partait tout seul à l'assaut de la Cité interdite. Je ne voyais pas comment il pourrait parvenir à rectifier le tir, de toute façon c'était son affaire, plus la mienne. Son combat, pas le mien. Pour moi, qu'est-ce que ça changerait ?

Il est donc revenu hier, et ça m'a contrarié. Il a bien vu qu'il me dérangeait. Je lui ai ri au nez lorsqu'il m'a demandé si j'allais bien, ça l'a vexé je crois, et puis je lui ai dit que j'avais besoin de rester seul, ce n'était plus la peine qu'il vienne, de toute façon il ne m'avait servi à rien, et je n'avais plus confiance en lui.

Sans doute pour détendre l'atmosphère, il m'a bêtement demandé si la nourriture était correcte et suffisante, si les gardiens me traitaient bien, que s'il y avait un problème je n'hésite pas à le lui dire ou à l'écrire, il transmettrait. Il m'a dit, pince-sans-rire, que j'avais droit, comme tous les condamnés, à un minimum d'égards. Je me suis énervé, en lui faisant comprendre que je n'avais plus besoin de ses services et que je me suffisais à moi-même.

Il a blêmi, avant de tourner les talons et de sortir du parloir. Mais je sais qu'il reviendra.

———

Me revoilà donc enfin avec toi, Marie, pour te raconter la suite de mon interrogatoire.

Après la vérification officielle de mon identité, le commissaire Bourgeois est venu se placer debout face à moi, sans me quitter de ses yeux métalliques. Le chat devant la souris, hésitant entre la dévorer sans autre forme de procès ou la laisser prendre conscience par elle-même du mystère de sa prédestination. Froideur, impassibilité, dédain ? Aucun mouvement sur son visage énigmatique, rien dans son regard sibyllin ne me permettait de déceler le moindre sentiment ni une quelconque compassion. Sans doute était-ce cette imperturbabilité calculée qui faisait de lui le patron, le maître des enquêtes criminelles, et de ses sbires des êtres dénués de toute psychologie, de vulgaires seconds couteaux.

Il a fini par enlever, d'une lenteur calculée, son veston et son nœud papillon, et a desserré le col de sa chemise, mine de dire : « À nous deux mon gaillard ! » Je me suis dit que ce n'était pas bon signe, et qu'il se préparait pour une séance longue et sportive. Les fesses appuyées contre le rebord du bureau, les mains posées de chaque côté, ses longues jambes croisées devant moi, il me dit que mon affaire est très grave, qu'on va passer aux choses sérieuses, et qu'il espère que je serai coopératif, dans mon intérêt.

Je lui demande encore une fois pourquoi je suis là, je ne comprends toujours pas, monsieur le commissaire, qu'est-ce qu'on me reproche ? De quoi m'accuse-t-on ? Il se redresse brusquement, jette ses yeux dans les miens et me hurle que les questions c'est lui qui les pose, et qu'on ne va pas me lâcher avant que j'aie avoué.

Avouer quoi, lui dis-je ?

Les autres flics, debout autour de moi, approuvent d'un rictus idiot et lâche la gueulante du patron. Ils semblent prêts pour les peintures de guerre et la danse du scalp, manches de chemise relevées sur les avant-bras, des cadors parmi lesquels il y a toujours une brute, un inspecteur trop zélé qui veut prendre du galon avant les autres – cette brute, je crois que je l'ai déjà repérée, il s'appelle Corbino (le grand sec mal rasé de ce matin), les autres l'appellent *Rizio*, peut-être un diminutif ou un surnom sans doute… un nom que je n'oublierai jamais. C'est lui qui était au fond du prétoire au moment de la sentence, au procès, avec l'autre, Duroc.

———

J'encaisse, que faire d'autre ? Je ne fais pas le poids. Je suis la bestiole effarouchée enfermée dans le vivarium des reptiles. J'ose à peine respirer, des fois que ça aussi ça les énerve. Je ne parviens même pas à déglutir le peu de salive que sécrète ma bouche sèche. Surtout ne plus répondre. Pas tout de suite. Garder mon calme.

Mais dans ma tête, un tsunami.

Je demande au commissaire si quelqu'un peut téléphoner au lycée pour signaler mon absence, au moins pour aujourd'hui. Il me fusille du regard en me disant qu'ils ont autre chose à faire, que le lycée c'est pas leur problème, je peux l'oublier, je ne suis pas prêt d'y remettre les pieds, on me trouvera bien un remplaçant, les élèves ils n'y verront que du feu. Corbino, l'air vicelard, un regard de fouine, me balance qu'une pourriture telle que moi n'a rien à foutre dans un bahut comme Fabert ni dans n'importe quel autre. Pour la seconde fois, le ciel s'abat sur ma tête, mais pourquoi ?

Sous mes pieds, un gouffre sans fond. Je suis devant la porte des enfers.

L'atmosphère de la pièce est glacée, lourde, enfumée. Les cigarettes, ça doit faire partie de leur méthode d'abrutissement. Je ne supporte pas le tabac, je tousse, mes yeux piquent et me font pleurer. Ils s'en fichent, et je crois que ça les amuse et que ça les excite. J'ai envie de pisser, je demande à sortir, pas de réponse.

Bizarrement, ils ne me posent aucune question. Ils me regardent tel un animal curieux ou nuisible, comme on scrute un cafard sur un mur avant de l'écraser d'un coup de godasse après s'être amusé avec lui. Ils semblent décortiquer mon attitude, comptabiliser mes soupirs, décomposer mes mouvements de tête, examiner à la loupe mes regards, la couleur de mes joues, la transpiration qui ourle mon front. Parfois, l'un d'eux s'approche de mon visage comme pour me renifler, me humer, fouiner dans mon cerveau, ou simplement me provoquer pour voir si je mords.

Je ne sais pas ce qu'ils me veulent. Ou plutôt je ne le sais que trop bien : me déstabiliser, me mettre la pression ou me faire poireauter avant de me cuisiner aux petits oignons. Une guerre des nerfs qu'ils testent sur moi avant l'offensive générale qui ne va plus tarder. Ils n'ont pas besoin de tirs d'artillerie ni d'armes de destruction massive. Je me souviens de ce que mon père m'avait raconté de son séjour au camp de la Gestapo à Sarrebruck, cette volonté de ses geôliers d'anéantir toute volonté, toute résistance pour lui faire avouer ce qu'ils avaient imaginé de lui faire cracher. J'essaie de ne penser à rien, mais je sais qu'ils ont tout leur temps et que ce temps ne joue pas pour moi.

Si je suis là, entre leurs pattes, Marie, c'est qu'ils ont une raison, une raison qui m'échappe, et cette raison j'ignorais encore que c'était toi. De quoi suis-je coupable ? Je retourne dans ma tête tout ce que j'ai fait depuis une semaine, hier, avant-hier, mon emploi du temps, les personnes que j'ai côtoyées mis à part mes élèves et mes collègues, mes déplacements, mes appels téléphoniques. Je n'ai reçu personne chez moi, je n'ai rendu visite à personne, seulement un stage pédagogique à Nancy lundi matin, ça je peux leur prouver avec mon ordre de mission du rectorat, des fois que cela ait une importance.

Il se fait tard, Marie. Les voix et le bruit des pas des détenus, que je perçois au-dessus de moi, s'estompent et disparaissent dans le soir carcéral.

Dans mon couloir de la mort, dans mon clapier fermé à triple tour, le silence me semble comme un avant-goût de l'aube où ils viendront me chercher.

———

Un oscillement d'abord, qui réveille mes paupières endormies. Puis un tremblement, comme une vibration de caisse claire... Et soudain un grondement lointain, presque étouffé, avant un claquement sec et violent de tonnerre quelque part au-dessus de la ville, comme l'annonce du début d'une journée d'enfer.

Le signal qu'ils viennent déjà me chercher pour m'exécuter ?

Non, ce n'est pas pour ce matin. Pas encore. L'aube est passée.

Je n'ai pas réussi à retrouver le sommeil, car très vite la prison s'est remise à jouer son manège, Sisyphe roulant dès le soleil levé son rocher qui retombera au crépuscule, l'entraînant dans sa chute. La prison est un organisme vivant qui respire d'abord par les bruits qu'il émet. Ces bruits sont dès le matin ceux de la démence et, d'une certaine façon, de la déchéance : l'écho sourd des pas et des aboiements des gardiens, le cliquetis des trousseaux de clés, le grincement des serrures et le claquement des portes de fer, les réveils parfois sonores des détenus, ceux qui ont pu dormir et dominer leurs cauchemars, et les lamentations angoissées de ceux qui n'ont pas fermé les yeux de peur d'en faire. Je ne suis plus à leur étage, mais leur angoisse est la mienne.

Pour les uns, le jour qui commence est un pas vers la sortie, pour les autres la poursuite d'un interminable calvaire. Moi, Marie, je n'attends rien, je suis là, c'est tout, suspendu au-dessus du néant au bord duquel je chancelle, funambule condamné à chuter. Il me semble être l'un de ces bagnards au crâne rasé d'autrefois entassés dans ce sous-sol en attendant leur départ enchaînés vers Cayenne et l'île du Diable.

Mon gardien m'a apporté mon café et mon quignon de pain avec un peu de confiture. Dans ma cellule de *condamné à mort* – il faut bien que je m'y fasse désormais – l'oubli de la vie d'avant est rapide. J'ai déjà gommé de ma mémoire, comme une liste maintenant inutile et obsolète, que j'avais eu une jeunesse, un appartement, un métier passionnant, des amis, des projets. La seule chose que je ne peux pas oublier, que je ne veux pas voir s'effacer, c'est toi Marie.

Me revoilà à ce terrible 4 mai, dans ce bureau de flics où ils ont décidé de me faire avouer je ne sais quel crime. Je panique en me disant que j'ai dû oublier quelque chose, et que c'est à cause de ce quelque chose d'insaisissable et qui m'échappe que je suis ici – mais quoi bon Dieu ? Y aurait-il eu à Metz ou dans la région un événement auquel j'aurais pu être mêlé de près ou de loin ? Un détail, un oubli aux conséquences telles que je me retrouve entre les griffes du commissaire, à la merci de ceux qui sont chargés de me prouver que je suis un coupable et de me dire de quoi ? Quelqu'un, un parent d'élève, un collègue, un élève même, le concierge de mon immeuble qui ne peut pas m'encadrer, aurait-il porté plainte contre moi, m'aurait-il dénoncé pour un fait répréhensible puni par la loi, mais lequel ? Aurais-je grillé un stop ou failli écraser quelqu'un sur un passage pour piétons ? Ai-je insulté ? Ai-je montré le poing ? Ai-je jeté un regard compromettant à une femme que j'aurais croisée ou suivie dans la rue ? Touché malencontreusement l'une de mes élèves ? Rien. Alors quoi ? Tout de même pas ce P.V. que j'ai eu lundi à Ancy en revenant de Nancy, pour un simple pneu un peu trop lisse !

Peut-être que c'est politique, mais je ne fais pas de politique. Une dénonciation ?

Ai-je défié Dieu ou le diable ?

Ai-je maudit l'humanité ?

À midi, le commissaire et deux des cadors quittent la pièce. Les deux autres, l'inspecteur Duroc et ce Rizio que je déteste autant qu'il semble déjà me haïr, attaquent les jambon-beurre et les bières qu'un planton servile leur a apportés. Pendant une demi-heure, ils me foutent la paix.

Je lutte contre le sommeil.

Je crève de soif. Mais bizarrement je n'ai pas faim. Je demande à aller aux toilettes. J'insiste, alors Rizio, l'air contrarié, me détache du radiateur et m'accompagne jusqu'au fond du couloir. Il me dit devant la porte que j'ai intérêt à tout balancer fissa, sinon ça va être ma fête.

D'un sourire pervers, en continuant à mâchouiller son bout de pain, il me demande si la gamine a gueulé quand...

- Quand quoi ? Quelle gamine ? lui ai-je demandé. Qu'est-ce qui vous prend ?
- Fais pas le malin, prof de mes deux. On sait tout.
- Mais... de quelle gamine parlez-vous ? Vous êtes cinglé ?
- Celle que t'as butée avant-hier dans le bois de Saint-Clément, salopard... La petite Marie Beaumont. Une élève à toi, non ?

C'est donc comme cela, Marie, que j'ai appris ta mort ignoble, de la bouche de ce sale type. Je n'ai même pas eu la force de le maudire. J'ai senti mon corps entrer dans une ère glaciaire et mon cerveau s'atomiser.

Pour ne pas chavirer, j'ai tendu mes mains sur les murs des toilettes, comme deux arcs-boutants, et j'ai vomi mes tripes, la gueule ouverte au-dessus de la cuvette.

« *Celle que t'as tuée... la petite Marie Beaumont... Fais pas le malin* ».

Peut-être que je me suis évanoui, je ne m'en souviens plus vraiment. Une explosion terrible dans ma tête, oui ça je m'en souviens, et en t'écrivant, Marie, j'ai l'impression que ça revient, un étau qui m'écrase, une souffrance déchirante qui vient encore me réveiller durant ces nuits d'enfermement qui n'en finissent pas de me parler de toi.

J'ai hurlé comme un damné, et j'entendais ce flic, là, derrière la porte qu'il avait laissée entr'ouverte, qui riait avec une indécence satanique. Ton visage devant moi, en moi, ce visage un peu dur que tu m'avais offert le jour de la rentrée de septembre, que je voyais s'adoucir et s'éclairer un peu plus à chaque cours, ton visage qu'il m'arrivait aussi d'idéaliser et que je devais parfois chasser de moi, a brutalement rempli tout mon être. Marie…

Quelqu'un t'avait tuée, massacrée, et ils disaient que c'était moi.

Tu étais morte, Marie, et je n'arrivais même pas à pleurer, et je me détestais, à me les arracher pour les tordre et les vider du sang de mes larmes, d'avoir les yeux secs.

———

Depuis deux jours j'essaie de remettre de l'ordre, de me remémorer ce qu'il y avait eu avant, avant ta mort, il y a plus d'un an maintenant, avant cette terrible enquête que j'essaie de te raconter.

Je me souviens d'abord, Marie, de ce matin de rentrée du 13 septembre de l'année dernière, il y a presque un an. C'était hier, mais dans une autre vie, dans une existence antérieure ou dans un autre monde, une vie disparue, arrachée, qu'on nous a prise à tous les deux, toi aux premiers jours du mois de mai qui te souriait, moi demain, bientôt.

Je pense souvent à mon lycée, à mes élèves, à toi bien sûr…

Fabert, Premières littéraires. Vingt-huit élèves, dix-sept filles, onze garçons.

Il était bientôt 8 heures, ce jour de rentrée. La cloche venait de sonner, les classes se rangeaient à leurs emplacements dans la cour, avec un brouhaha heureux de rentrée des classes. Je vous attendais dans la salle, porte déjà largement ouverte sur le couloir. La 211, premier étage. Je la revois très nettement, donnant sur la cour et ses tilleuls centenaires, dominés en face par les deux tours carrées de l'église Saint-Vincent. Une salle de vieux lycée d'un autre siècle, héritier d'une ancienne abbaye de bénédictins. Elle ne paie pas de mine, avec ses hautes fenêtres verticales aux vitres démultipliées par les meneaux de bois ; avec ses murs épais à la peinture grège écaillée et par endroits maculée de boursouflures jaunâtres d'humidité. Avec cette estrade grinçante soutenant pour combien de temps encore un bureau de bois séculaire aux pieds vermoulus. Avec ses tables gravées au canif ou à la pointe du compas par des générations de lycéens vengeurs ou perclus d'ennui.

Mais cette salle restée dans son jus et son odeur de classe me plaisait, je sentais qu'elle était faite pour moi, je crois que je n'en aurais pas voulu d'autre. Elle suffisait au bonheur que j'allais avoir à vous faire aimer la littérature et à vous préparer au bac de français. Il me semblait qu'elle avait une patine, une âme, et je n'étais pas loin d'y deviner un parfum de lettres, comme sa voisine devait avoir celui de la philo, et celles de l'étage au-dessus des odeurs scientifiques. Je me disais que le savoir, qu'on le livre ou qu'on le reçoive, c'était aussi une question de senteurs, de saveurs et de couleurs.

Je ne sais pas pourquoi, je m'étais toujours imaginé la littérature en bleu Majorelle avec une saveur de poivre de Sichuan – je sais, c'est idiot.

Ici, ma cellule sent le métal froid, la peur et la mort.

Assis à mon bureau dont je prenais possession en m'imaginant que c'était pour toujours, j'avais d'abord perçu comme une onde marchante, puis, de plus en plus proche, l'arrivée de vos jacassements. J'y surprenais des éclats de camaraderie retrouvée, des notes de nostalgie des jours insouciants d'été et de plage, et les bémols du retour trop rapide à la réalité lycéenne.

Je me suis levé pour vous accueillir devant la porte, et je vous ai fait entrer, sans avoir à vous réclamer le silence : vous connaissiez les codes. Vous m'avez regardé avec curiosité, comme on regarde ses nouveaux profs, certains m'ont dit « bonjour Monsieur » en souriant poliment. Je me suis rapidement présenté, et mon léger accent allemand, confirmé par mon nom et mon prénom écrits au tableau, a semblé vous surprendre, mais sans plus, pour vous c'était égal et anecdotique. Vos regards presque intimidés, vos murmures à peine audibles m'ont dit que le courant allait passer entre nous.

Après l'appel, je vous ai demandé de remplir une petite fiche avec les renseignements d'usage (y compris l'éventuel redoublement et le lycée précédent pour ceux que cela concernait), et d'y ajouter les titres d'au moins trois livres que vous aviez lus cette année en dehors de ceux imposés en seconde, y compris pendant les vacances, ainsi que les noms de vos auteurs préférés, quels qu'ils soient, j'étais prêt à accepter Frédéric Dard et Albert Uderzo, après tout... Je me souviens que cela vous avait un peu surpris et désarçonnés, et pour certains ce dut être la première surprise panique de la rentrée. C'était surtout ma manière de vous faire savoir que le cours de lettres françaises venait de commencer sur les chapeaux de roue.

Je percevais, pendant que vous écriviez, de furtifs regards sur moi et quelques discrets conciliabules, peut-être sur mon âge, mon accent, ma tenue soignée quoique un peu stricte, mon aspect physique et ma coupe de cheveux pas très à la mode, bref le lot de chaque nouveau prof qui débarque et que l'on jauge en attendant de le juger.

Adossé à l'une des fenêtres, je vous ai observés. J'étais curieux de découvrir vos goûts littéraires, et de voir combien d'entre vous citeraient Zola, Camus ou Madame de Sévigné, voire, mais le pari était risqué, Oscar Wilde ou Romain Gary. Quelques-uns, je le voyais à leur mine déconfite d'être pris si tôt à la gorge à peine revenus en classe, cherchaient dans l'arrière-boutique de leurs lointains souvenirs de seconde des auteurs oubliés, ou appelaient innocemment leur voisin à la rescousse.

Vous étiez ma première classe de lycée, moi qui n'avais jusqu'à présent exercé qu'en collège. Lors de la pré-rentrée, la veille, le proviseur m'avait assuré que vous étiez une bonne classe, des élèves sérieux et travailleurs, avec un bon état d'esprit. Ce que m'avait confirmé votre professeur de lettres de seconde, madame Pernoud, qui regrettait, avec un zeste d'amertume et de frustration derrière lequel j'avais cru percevoir une légère rancœur à mon égard, de ne pas avoir pu vous garder pour cette année – à l'entendre, c'est comme si on lui avait coupé les ailes ou annoncé qu'elle ne faisait plus l'affaire. J'avais l'impression que ces qualités se reflétaient déjà dans l'image que je percevais de vous. Cela me rassurait. Nous allions faire ensemble du bon travail et préparer sérieusement le bac de français.

Puis mon regard s'est accroché à toi, Marie. Tu étais seule à une table du fond, côté fenêtre, à l'écart des autres, comme déjà en auto-quarantaine. Je me souviens vaguement maintenant que tu étais entrée la dernière, presque en retard, essoufflée, un peu comme le dernier passager d'un bateau avant qu'on ne retire la passerelle d'embarquement. Les autres t'ont regardée avec la curiosité adolescente qui accompagne les nouveaux le jour de la rentrée – car tu étais nouvelle à Fabert.

Je t'ai observée. Tu semblais timide, ou plutôt indifférente, peut-être craintive, comme si tu venais d'être parachutée en terre inconnue ou en milieu hostile, je ne saurais dire. La tête encore ou déjà dans un insondable ailleurs, les yeux dans un vague qui n'avait rien de lycéen, comme si on t'avait mise ici contre ton gré. Tu ne souriais pas, au contraire de la plupart des autres, qui se retrouvaient, qui se connaissaient, qui venaient d'avaler en passant la porte les vestiges de leur été et dont s'envolaient maintenant en ultimes volutes vaporeuses les souvenirs de vacances et de soleil.

Tu semblais déjà différente et particulière.

Tu as été la première élève à susciter ma curiosité, comme celle du reste de la classe. Sans doute venais-tu d'un autre lycée, et, comme moi, entrais-tu pour la première fois dans cette salle. Nous avions déjà un point commun, comme deux voyageurs débarquant sur le même quai de gare d'une ville inconnue. Moi je venais de Dijon, j'avais demandé ma mutation pour être plus près de mes vieux parents à Trèves, toi peut-être arrivais-tu de Paris, ou du Sud, ou de je ne sais quel ailleurs. Tu semblais plus réservée que les autres, plus mature, ou sur tes gardes. Tu dégageais quelque chose de moins scolaire, de plus adulte, de presque secret. J'ai eu l'impression que tu ne te sentais déjà pas à ta place, et en décalage par rapport à la classe.

Tu as levé les yeux vers moi et tu as croisé les miens. J'ai détourné mon regard de toi, un peu gêné. Je me suis levé de mon bureau, en vous demandant de me remettre vos fiches, et de m'apporter rapidement une photo d'identité récente, dans la semaine si possible. En prenant la feuille que tu avais posée délibérément sur le coin de ta table pour ne pas avoir à me la tendre, comme les autres l'avaient fait, j'ai vu que, tout aussi intentionnellement, tu détournais ton visage vers la fenêtre, bien sûr par bravade. J'ai vu que tu t'appelais Marie Beaumont, que tu venais du lycée Jean-Zay d'Orléans, et que tu redoublais ta première.

Et que tu n'avais inscrit aucun auteur ni aucun titre.

———

Corbino m'a ramené comme on pousse à sa niche un chien battu vacillant sous les coups de bâton. J'étais un marasme ambulant, des hématomes plein la tête. J'avais en quelques secondes perdu toute raison.

Il triomphait de m'avoir annoncé aussi brutalement ta mort, et se pavanait comme s'il avait déjà à lui seul résolu l'affaire. J'aurais voulu lui hurler toute ma haine et l'étrangler de mes mains menottées, quitte à ce qu'on me fiche une balle dans la tête, tout aurait été dit, tout aurait été tellement plus simple et définitif. Il a rattaché mon bracelet de fer au radiateur, un sourire cynique aux lèvres, en le serrant d'un cran de plus à m'en briser le poignet.

Je ne sentais pas la douleur, tant celle de t'avoir perdue

venait de m'anesthésier.

Il a appelé ses collègues pour leur exposer la bête de foire que j'étais devenu. À son rictus désarticulé ils ont vite compris que maintenant je savais. Ils ont eu l'air d'approuver, et semblaient attendre l'arrivée imminente du commissaire pour pouvoir enfin démarrer les choses sérieuses. Moi, assis sur ma chaise de naufragé, penché vers le sol, sentant encore le vomi, je secouais ma tête assommée, déjà offerte aux coups qu'ils allaient m'asséner.

Suspecté, accusé, bientôt au cachot. Dans le bureau, ça allait, ça venait, ça fumait, ça blaguait même. Moi, chiffon jeté dans un coin, je me sentais détruit, comme explosé, ressassant, Marie, que tu étais morte, que quelqu'un t'avait pris la vie. Je ne comprenais pas pourquoi toi, pourquoi une telle horreur et encore moins que l'on m'en accuse. J'aurais voulu crier ma douleur et ma révolte, mais aucun son ne voulait sortir de ma gorge étranglée.

Je crois maintenant que je ne me sortirai pas de ce piège, et que personne ne viendra en desserrer les mâchoires pour me dire que c'était une erreur, une confusion, une malencontreuse bévue, excusez-nous ça arrive à tout le monde de se tromper, et que je pouvais rentrer chez moi, prendre une douche et aller retrouver mes élèves.

Dans la tempête qui s'abattait sur moi, j'essayais, Marie, de retrouver les dernières images que j'avais de toi, nos dernières paroles. Je voulais le son de ta voix, ta silhouette, ton regard et ton sourire, et un livre dans ta main. Dans ma tête secouée par le malheur de ta mort et de l'accusation abjecte qu'on m'en faisait porter, mes souvenirs s'entrechoquaient, fuyaient, se confondaient, se mêlant en un théâtre insensé proche de l'hallucination, et sur la scène duquel je te cherchais car tu n'y étais plus.

Puis tu as soudain émergé, t'imposant à moi, solaire, assurée et rassurante. C'était je crois à la fin du dernier cours avant les vacances de Pâques. Tout me revient, comme une certitude, une source d'eau claire. Tu avais alors sans doute prémédité de rester un peu avec moi après la sortie de tes camarades, ce qui n'était pas dans tes habitudes. Tu m'avais remis d'un large sourire ta copie sur Stendhal, en t'excusant pour ton retard (le délai était passé depuis trois jours), et me jurant presque que tu t'étais défoncée dessus, qu'elle t'avait donné du fil à retordre.

Je t'ai dit que ce n'était pas grave mais que cela ne devrait plus se reproduire, surtout l'année du bac. Attention Marie, t'avais-je dit, plus de temps à perdre, il faut mettre les bouchées doubles ! Puis en me disant « J'allais oublier monsieur », tu avais sorti de ton sac *La Bête humaine* que je t'avais prêté un mois plus tôt et que tu avais dévoré après *Thérèse Raquin*. Tu m'as remercié de t'avoir fait aimer Zola, et tu m'as promis qu'après le bac tu lirais *Nana*. Tu m'as surtout avoué que j'avais débloqué un réflexe qui semblait coincé en toi depuis toute petite, comme une arête de poisson plantée dans la gorge, celui d'ouvrir un livre, comme si cela t'avait toujours fait peur.

C'est là aussi que tu m'as parlé en riant comme une gamine des découpages et des collages de ton enfance, je t'ai dit que cela n'avait pas empêché Andersen d'écrire de très beaux contes et de devenir un écrivain célèbre. À tes yeux brillants j'ai su que tu t'en sortirais, tu m'as dit « au revoir monsieur », et tu es partie.

Définitivement, pour un autre monde où j'irai bientôt te retrouver…

J'ai cherché par quel miracle, ou à la suite de quel déclic, tu t'étais mise depuis quelques semaines à dévorer les livres, comme si tu voulais rattraper le temps perdu, combler un vide et savourer un plaisir inconnu de toi. Y étais-je pour quelque chose ? Peut-être indirectement, avec ce cours sur le naturalisme et *Les Rougon-Macquart*, durant lequel tu avais posé une ou deux questions sur les héroïnes tragiques de Zola, la Maheude et Gervaise.

Ou n'était-ce pas plutôt Julien Roussel, à côté de qui tu t'étais assise en classe au retour des vacances de Noël, et qui était un passionné de lecture ? Peut-être que, simplement, le fruit était mûr pour qu'enfin tu franchisses le pas.

À la rentrée de février, deux mois plus tôt, nous avions attaqué Albert Camus. *L'Étranger* vous avait captivés, vous aviez aimé Meursault, la structure et l'atmosphère du roman, son écriture sobre. Comme vous aviez accroché, j'ai proposé à ceux qui le voudraient de lire pendant les vacances de Pâques *La Peste*, et d'en rédiger pour le 15 mai une fiche de lecture. Tu avais fait partie de la dizaine de volontaires.

J'ignorais à cet instant, Marie, que cette fiche, je ne la lirais jamais.

———

Le commissaire Bourgeois est revenu un peu avant 14 heures, l'air repu et content de lui, une tasse de café à la main. Corbino lui a dit quelques mots à l'oreille, auxquels il a répondu d'un bref hochement de tête en me regardant hargneusement. Il a accroché sa veste à la patère murale, a ouvert la fenêtre en grand et demandé qu'on le laisse seul avec moi. Cela m'a un peu rassuré, j'allais pouvoir m'expliquer plus sereinement avec quelqu'un qui me semblait être tout sauf une brute, sans l'essaim malveillant de ses acolytes.

Il s'est assis à son bureau, a posé ses coudes devant lui et son menton sur ses doigts joints en ogives, et m'a fixé pendant quelques interminables secondes, jusqu'à ce que je baisse la tête devant ce regard que je n'ai jamais oublié. Puis, d'un ton froid qui ne laissait aucun doute sur sa certitude et sa détermination, il m'a dit, en détachant bien chaque mot, que j'étais soupçonné du viol et de l'assassinat par strangulation de mademoiselle Marie Beaumont, lundi 2 mai au bois de Saint-Clément entre Gorze et Ancy, et que mon interrogatoire allait commencer pour de bon, sauf si j'avouais tout de suite, on gagnerait du temps.

J'aurais pu hurler, me secouer comme un cabri blessé sur la chaise où j'étais attaché, j'ai simplement dit qu'il faisait erreur, que je ne t'avais pas tuée. Il m'a répondu qu'il en doutait fort, que mon crime était *signé* (il a insisté sur ce mot) et que j'aurais du mal à lui prouver le contraire autrement qu'en me lamentant.

J'étais face à un homme au regard vide et glaçant, celui d'un animal à sang froid qui attend que sa proie abdique toute volonté de résistance avant de l'engloutir sans même avoir à se battre avec elle. Malgré ses airs de bon père de famille et de fonctionnaire satisfait, je savais que ce type n'allait pas me lâcher, qu'il était pressé d'en finir et qu'il allait s'en donner les moyens. Il allait me pousser à bout et m'enfermer dans un labyrinthe sans sortie possible, avec des questions alambiquées et tortueuses – ces fameuses *questions de flic* qu'on doit apprendre à l'école de police, et qui en deux coups de cuillère à pot vous déstabilisent et vous tricotent une veste d'assassin aussi brûlante et mortelle que la tunique de Nessus.

Je savais qu'il n'aurait pas grand-chose à faire ni longtemps à attendre avant que je craque, puisqu'il avait déjà décidé que je craquerais avant ce soir, au plus tard demain, parce que, il en était convaincu, j'étais le parfait coupable, ça ne pouvait être que moi, pourquoi chercher plus loin ? Mais toujours cette question en boucle dans ma tête : *pourquoi veulent-ils que ce soit moi ?*

J'ai repensé à mon père, qui n'avait jamais parlé, même sous les coups. Il n'était coupable de rien, moi non plus.

Je devais tenir, comme lui. J'étais décidé à donner du fil à retordre au commissaire Bourgeois.

———

Je n'ai pas fermé l'œil de la nuit. Comment trouver un sommeil paisible après le souvenir déchirant de cette journée dantesque du 4 mai que j'essaie de te raconter depuis quelques jours ? Leurs visages, leurs vociférations et leurs menaces continuent de me hanter, et je mesure, presque cinq mois plus tard, à quel point j'en suis toujours possédé. Rien ne s'est effacé.

Lorsqu'on m'a enfermé ici le soir de ma condamnation, j'imaginais, naïf et niais, que, bouclé à triple tour, espionné dans le moindre de mes gestes, presque sans intimité, avec comme seule bouée autorisée ces feuilles sur lesquelles je t'écris mon calvaire, on me ficherait enfin la paix une bonne fois pour toutes, seul avec moi-même en attendant mon exécution.

Mais cela ne leur suffit pas, Marie. Ils ont encore une marge dans l'ignominie. Même entre mes barreaux, même isolé du commun des incarcérés, je suis devenu moins qu'un homme, quelqu'un encore de trop, de pas encore assez oublié, de pas encore totalement disparu, toujours encore gênant dans son trou à rat, de trop vivant. Ça n'a pas traîné à se manifester. Dans le courant de l'après-midi, j'ai été extrait brutalement de mes pensées par des cris provenant de l'étage au-dessus de mon couloir, et même du dernier niveau. Pas ceux d'un détenu en colère qui pique sa crise ou qui veut démolir sa cellule, ni ceux d'une dispute ou d'une bagarre entre plusieurs prisonniers ou d'une altercation avec un gardien.

Non, c'était comme des vociférations bien orchestrées, d'abord isolées puis enflant avant de se muer de souffle en sarabande, puis en une sorte de marée montante, un chœur assourdissant de voix vengeresses, une clameur collective dévastatrice dont la résonance s'insinuait dans tout le bâtiment, peut-être même en dehors et jusque dans ma carcasse.

Dans ce tumulte haineux, j'ai cru percevoir, comme un leitmotiv mille fois répété, mon propre nom, mon nom insulté, et c'était pareil à une autre condamnation qui s'abattait sur moi, un appel au bûcher, là, tout de suite, dans la cour.

La meute semblait se rapprocher. Je me l'imaginais dévaler l'escalier et se ruer dans le couloir pour défoncer ma cellule et me prendre. Je me suis réfugié, accroupi et terrorisé, dans l'angle le plus sombre de ma cage, les bras couvrant ma tête et serrant mes oreilles. J'ai hurlé « Au secours » face à la horde des détenus que je sentais déferler. Puis un gardien qui passait devant ma cellule m'a dit que toute cette agitation c'était à cause de moi, les types réclamaient mon transfert dans une autre prison, loin d'ici, ils ne voulaient pas cohabiter avec un fauve monstrueux tel que moi. Il semblait prendre un plaisir sadique à me relater l'incident, et paraissait approuver la révolte. D'après ce que j'ai pu comprendre, tout avait commencé dans la cour, un groupe s'était formé autour d'un des caïds de la perpète qui avait lancé un appel à la sédition, comme s'ils voulaient du sang, le mien.

———

Je suis resté prostré dans mon coin, chien galeux, haletant, attendant la volée de coups. Quelques minutes plus tard, deux gardiens sont venus me dire que le directeur voulait me parler, et que je devais les suivre.

Ils m'ont relevé brutalement, m'ont menotté par l'arrière, et m'ont conduit en me tenant chacun par un bras, jusqu'à son bureau, près de l'entrée au rez-de-chaussée. Les hurlements avaient cessé, et la prison avait retrouvé un semblant de calme. Le directeur, monsieur Toussaint, m'attendait debout derrière son bureau, deux gendarmes à ses côtés. Je me souviens qu'il avait une tête des mauvais jours, le teint livide, conscient que l'événement qui venait de se produire pouvait lui coûter un blâme ou carrément son poste. Il était, comme on dit d'un fonctionnaire fautif, dans ses petits souliers.

La presse était sans doute déjà alertée, et le lendemain la « mutinerie » allait à n'en pas douter faire la une du journal. Deux semaines après mon procès, on allait reparler de moi, on allait en remettre une couche, on allait dire que décidément ce type qui venait d'être condamné à mort ne méritait aucune mansuétude, aucune pitié, et qu'il fallait faire vite puisqu'il parvenait même à déclencher la révolte de ses codétenus.

Le directeur s'est assis, face à moi debout entre les deux matons fiers comme Artaban. Il m'a dit que cette histoire ça l'emmerdait vraiment, et il était hors de question qu'il me fasse transférer dans une autre prison, d'une part parce que rien dans ma conduite jusqu'ici ne le justifiait, d'autre part parce que c'était très compliqué et que la procédure pénale l'interdisait sauf menace sur la vie de l'établissement et mise en danger des prisonniers ou du personnel. Il voulait oublier l'incident, et allait prendre les mesures pour qu'il ne se renouvelle pas.

Puis il s'est levé, en demandant aux deux gardiens de l'attendre derrière la porte.

- Vous n'êtes pas responsable de tout ça, Dietrich, m'a-t-il dit. Mais vous savez à quel point votre affaire a fait du remue-ménage… J'espère que cette histoire en restera là.

Je lui ai simplement répondu que tout cela ne me concernait plus.

———

Combien de semaines depuis ma condamnation à mort ? Je perds la notion du temps. Peut-être, comme les bagnards de l'île du Diable ou de Monte-Cristo, aurais-je pu, chaque soir ou chaque matin, graver un trait sur un mur de ma cellule, comme l'horloge du reste de ma vie. À quoi bon ? Cela n'a plus d'importance, inéluctablement le temps m'entraîne vers la mort…

Te dire, Marie, dans quel état je suis relève de l'indicible. Le pire, ce n'est pas de me retrouver dans cette cellule et d'attendre mon exécution, c'est de revivre tout ce qui a précédé. Tout est encore inscrit dans ma chair, et certaines douleurs sont toujours là, comme si en prime elles faisaient partie de mon châtiment et qu'on les avait rajoutées à ma peine, comme cette haine que m'avaient vouée avant-hier mes codétenus.

Quand je ferme les yeux, le soir, ce sont ces flics des Trois-Boulangers que je vois, que j'entends, ils sont là, devant moi, derrière moi, ils volent comme des frelons prêts à m'inoculer leur poison, et je perçois toujours, collées à ma peau depuis plusieurs mois, ces odeurs mélangées de clope, de bière et de transpiration. Leurs voix haineuses sont encore présentes au fond de mes tympans, mauvaises, pressantes, sans pitié, à me percuter de l'intérieur la boîte crânienne.

Je me revois face au commissaire Bourgeois, en ce début

d'après-midi du premier jour, où il m'a jeté à la figure sa certitude que j'étais ton violeur et ton assassin. J'ai dit que je ne t'avais pas tuée, que je ne savais même pas ce qui t'était arrivé, simplement que tu étais morte, et que je venais tout juste de l'apprendre de la bouche de l'inspecteur Corbino. Celui qui avait fait ça, ai-je ajouté, méritait qu'on lui coupe la tête.

Il m'a répondu qu'effectivement ce serait le prix à payer, mais que ça c'était l'affaire de la justice, lui n'était là que pour fournir *les preuves* pour l'*instruction de mon dossier* et le bon déroulement de *la reconstitution du crime*, des mots qui m'ont fait froid dans le dos, des mots glaçants qui vous disent que vous n'êtes déjà plus un homme libre, et que la société va s'occuper de vous éliminer vite fait bien fait. Les mots de la justice, si loin de ces mots magiques de la littérature et de la poésie qui m'ont toujours accompagné et que j'ai essayé de vous transmettre !

Il m'a conseillé sèchement de me calmer et de collaborer, et m'a dit que je n'adoptais pas le meilleur système de défense. Il était convaincu de ma culpabilité, et m'a juré qu'il obtiendrait mes aveux avant la fin de la journée, ou demain après une nuit en garde à vue en cellule pour me faire réfléchir.

Par la porte entr'ouverte, il a appelé un des flics, celui qui avait vidé mes tiroirs ce matin. Il s'est levé, et d'un coup de menton lui a désigné la machine à écrire, l'autre s'est assis au bureau et a allumé une cigarette avec le mégot de la précédente, avant d'introduire nonchalamment une feuille blanche dans le rouleau et de placer le tambour en position départ.

Il a pris une chaise, l'a retournée et s'est assis à califourchon devant moi – j'ai trouvé ça bizarre, peut-être voulait-il déjà mettre des barreaux entre lui et moi, ou c'était simplement une posture pour m'impressionner. Il m'a demandé de lui parler de toi, si tu étais une bonne élève, ton attitude en classe, tes relations avec tes camarades.

Je ne savais pas par où commencer, car j'étais incapable de mettre de l'ordre dans mes idées. Une tempête secouait mon cerveau, les images s'embrouillaient, mes pensées se télescopaient, et une migraine atroce commençait à tordre et à paralyser mes neurones. Il le savait, et le léger rictus qui retroussait l'une des extrémités de ses lèvres devait faire partie de sa panoplie de déstabilisation. Au bout de quelques secondes, son visage s'est à nouveau durci, et il m'a demandé si j'allais enfin me décider à répondre à sa question, ou s'il fallait qu'il me la répète.

Malgré ma volonté de ne pas céder et de rester digne, je me suis mis à chialer lamentablement comme un gosse. Mes sanglots devaient s'entendre dans la pièce voisine et dans le corridor où je percevais des va-et-vient indifférents. Je pleurais sans honte, sans effort pour m'arrêter, je me déversais honteusement, là, devant lui, devant l'autre sur sa machine, devant la terre entière que j'aurais voulu prendre à témoin mais qui devait me montrer du doigt. Je ne m'effondrais pas devant lui, je pleurais simplement ta mort et ton supplice.

Au bout d'un moment il m'a dit que ça suffisait, que je devais me comporter en homme, et que ça ne ramènerait pas Marie Beaumont. Il m'a conseillé de tout avouer, tout de suite.

Alors je me suis fait violence et j'ai repris mes esprits. J'ai inspiré jusqu'à me faire éclater les poumons et je l'ai regardé droit dans les yeux. Il a eu un imperceptible mouvement de recul, du moins d'étonnement lorsque je lui ai dit, d'une voix assurée, que je ne me laisserais pas faire car j'étais innocent.

———

Je devais parler de toi en essayant d'oublier l'horreur de ta mort et l'accusation qui pesait sur moi, même si ça me revenait comme les coups réguliers d'un marteau-pilon. Le meilleur moyen de prouver mon innocence et ma bonne foi, c'était de dire tout ce que je savais de toi, avec sincérité, sans sourciller, sans faiblir, peut-être cela allait-il instiller le doute dans son esprit, au moins un zeste de compassion à mon égard, ce dont je doutais qu'il fût capable. Je supposais que c'était le genre de flic à deviner au moindre clignement d'œil, à la moindre hésitation, si on était coupable ou innocent. Je devais surtout ne pas me braquer et éviter de le provoquer.

Il m'a finalement tendu une perche en me demandant quand et dans quelles circonstances je t'avais vue pour la première fois. J'ai répondu que c'était le jour de la rentrée de septembre que j'avais vue *Marie* pour la première fois. Il m'a demandé d'un ton sec de dire *Marie Beaumont ou mademoiselle Beaumont*, et en a conclu que j'étais déjà très familier, voire intime, avec toi, et que ça ne plaidait pas en ma faveur. Il a demandé au flic du bureau de noter « Familiarité déplacée à l'égard de la victime ».

Je l'ai prié de m'excuser et que donc, j'avais vu *mademoiselle Beaumont* pour la première fois le jour de la rentrée de septembre, le 13 exactement à 8 heures du matin. Elle était nouvelle, comme moi. Je venais de Dijon, j'avais été nommé à Fabert, c'était mon premier poste en lycée. *Mademoiselle Beaumont* venait d'Orléans, d'où son père avait été muté comme lieutenant-colonel au 2e régiment du génie à Metz – ça a eu l'air de l'impressionner car il a ouvert grand ses yeux, comme s'il voulait me dire que s'en prendre à la fille d'un officier était déjà une circonstance aggravante. J'avais vite été frappé, lui ai-je précisé, par sa manière presque calculée, un peu provocatrice même, de montrer qu'elle était là contre son gré, arrivée un peu en retard, indifférente aux autres et à moi, assise seule au fond de la classe, le nez par la fenêtre et à consulter sa montre toutes les trois minutes, sa fiche de renseignements bâclée, et surtout son refus évident de faire ce que j'avais demandé à la classe. Elle semblait jouer une sorte de comédie, pour montrer qu'on ne la dompterait pas aussi facilement.

Il a levé les sourcils quand je lui ai dit que tu semblais déjà être « une énigme ».

- Une *énigme*, dites-vous ? Rien que ça ? a-t-il répondu d'un ton plein de morgue et d'ironie. Une jeune fille de dix-sept ans, une adolescente qui arrive dans un lycée inconnu, dans une ville où elle n'a jamais mis les pieds, qui ne connaît personne, que vous voyez pour la première fois et dont au bout d'une heure à peine vous déduisez de son attitude qu'elle est *déjà une énigme* ? Vous m'avez l'air d'un fin psychologue, Dietrich ! Non mais vous vous attendiez à quoi ?... Et vous êtes qui pour juger si abruptement une pauvre gamine qui débarque dans votre salle de classe ?

Je lui ai répondu, après un bref temps d'hésitation et en sachant qu'il allait sans doute mal le prendre, que mes énigmes n'étaient pas les mêmes que les siennes, et que, si lui cherchait à les résoudre, moi je voulais simplement les comprendre, non pour cataloguer ou enfoncer mes élèves, mais pour les aider.

Il a balayé mon argument d'un revers de main et d'un haussement d'épaule, comme s'il venait de comprendre que j'avais marqué un point, ou alors que ma remarque n'avait aucune espèce d'intérêt dans l'affaire, oui, je crois que c'était plutôt ça. Puis il m'a demandé ce que c'était, cette fiche de renseignements que tu avais soi-disant bâclée.

Je lui ai expliqué que je voulais simplement savoir ce que mes élèves avaient lu durant les vacances, et quels étaient leurs auteurs préférés, rien de bien compliqué, non, pour des élèves de section littéraire ? Tous les profs, à leur manière et selon leur discipline, font cela à la rentrée, histoire de tester leur niveau et de voir si les vacances n'avaient pas tout englouti. Je voulais les remettre dans le bain sans tarder, et leur rappeler l'importance au lycée de la lecture et de la connaissance des grands auteurs, même si le but n'était pas d'établir un classement entre ceux qui avaient lu Voltaire ou Balzac d'un côté, des polars à deux sous ou des romans à l'eau de rose de l'autre. J'aurais donné cher pour savoir dans quelle catégorie lui et ses acolytes se situaient.

J'ai ajouté que tous les élèves avaient joué le jeu, sauf

mademoiselle Beaumont. Elle avait posé sa feuille au coin de la table, alors que les autres me l'avaient remise en main propre, certains esquissant même un sourire de satisfaction d'avoir réussi ce qu'ils pensaient être le premier test de l'année scolaire. Mais pas toi, Marie. J'aurais pu t'en faire la remarque, te demander si tu avais bien compris ma consigne, mais je ne voulais pas brusquer une élève dès la première heure de la rentrée, il serait toujours temps de m'expliquer avec toi, voire de te recadrer gentiment.

Malgré le crépitement rapide et abrutissant de la machine à écrire, j'ai vite repris le fil de mes souvenirs, qui perdaient de leur flou et me revenaient malgré mon état de délabrement. Tout se redessinait de cette première heure, et j'en étais presque heureux, comme si c'était un moment d'évasion, de retour dans un monde normal même si je pressentais que je ne remettrais sans doute jamais plus les pieds dans mon lycée.

J'étais déjà grillé, catalogué, coupable d'avoir failli à ma mission et surtout à la réputation prestigieuse de Fabert, et prié, dans le meilleur des cas, d'aller voir ailleurs, loin de Metz.

——

L'interrogatoire, je le sentais, allait entrer dans une phase où il me faudrait conserver mon calme, et répondre le plus précisément possible aux questions du commissaire sur ma relation avec les élèves, et d'abord avec toi, Marie. Je savais que dans ce genre de confrontation, on cherchait toujours à déstabiliser le suspect et à le faire se contredire en l'épuisant psychologiquement.

On en était toujours à cette première heure de cours de rentrée et à ces fameuses fiches. J'ai expliqué au commissaire que je ne les avais pas exploitées immédiatement, et que j'en intégrerais le résultat dans le premier cours. Il me semblait plus urgent, après cette mise en bouche un peu déroutante, de présenter les auteurs au programme, le rythme des devoirs et des exposés pour la préparation du bac de français, et surtout mes exigences de travail, comme prise de note, présentation des dissertations et fiches de lecture. Certains élèves ont posé des questions, et j'avais déjà le sentiment que tout cela était prometteur. Tout le monde notait avec le plus grand sérieux, à l'exception de mademoiselle Beaumont, dont ce ne devait pas être l'habitude.

Le commissaire semblait intéressé par mon récit, et de temps en temps il griffonnait des mots, pendant que son adjoint tapait tout en fumant cigarette sur cigarette. Alors je disais tout ce dont je me souvenais : je surveillais du coin de l'œil Marie Beaumont, qui ne se faisait remarquer que par ses soupirs appuyés et les couinements volontairement désagréables des pieds de sa chaise sur le vieux lino. À quelques minutes de la fin du cours, je lui ai demandé vertement d'arrêter son cinéma qui gênait la classe ; tout le monde s'est retourné sur elle, certains en se moquant de la « nouvelle ».

Bourgeois s'est levé et s'est mis à faire les cent pas derrière moi. Je me suis arrêté de parler, car je m'attendais à ce qu'il me pose d'autres questions ou me demande des précisions auxquelles je n'avais pas pensé. Le flic gratte-papier lui a tendu la dernière page qu'il venait de taper ; il s'est mis à la relire avec attention, puis m'a demandé si l'attitude de Marie Beaumont à mon égard s'était modifiée par la suite. Je lui ai répondu que pas vraiment, pas tout de suite en tout cas, même si elle avait rapidement cessé de déranger le cours. Il m'a demandé de poursuivre.

Que lui dire de plus ? Mes souvenirs se faisaient moins précis, j'avais du mal à rétablir l'ordre des choses, et peur de m'embrouiller. Alors je lui ai parlé du résultat de mon enquête. Dès le soir de ce jour de rentrée, j'avais préparé un tableau synthétique des réponses de mes élèves. Elles correspondaient en gros à ce que je pouvais attendre de la culture littéraire de lycéens de leur âge. Tout le monde avait joué le jeu, sauf bien sûr, je le savais déjà, Marie Beaumont. Je lui avais demandé en ramassant sa feuille pourquoi elle n'avait rien écrit, même pas un titre, pas même un auteur, tout en sachant que c'était moins par ignorance que par défi à mon égard ou par désintérêt total, après tout elle redoublait, et il devait en principe lui rester des connaissances, du moins quelques bribes, que ses camarades n'avaient pas.

Elle m'avait toisé du regard, en me rétorquant, assez effrontément je l'avoue, et avec un air de défi dans la voix, que la littérature ça l'ennuyait, qu'elle détestait lire, que ça ne servait à rien et que de toute façon elle n'était dans ce lycée que de passage, en attente d'une autre destination, elle n'y resterait pas toute l'année, à cause de son père qui allait sans doute quitter Metz pour un état-major à Paris. Je lui ai fait remarquer aimablement, sans forcer ma voix, que tant qu'elle serait dans cette salle sous mon autorité, ne serait-ce qu'un mois, elle serait tenue aux mêmes exigences de travail, de discipline et de respect que ses camarades, quelle que soit la situation de ses parents, et que le lycée n'était pas un hall de gare où l'on se comportait à sa guise. Je lui ai proposé qu'on en parle à la fin du cours, mais elle s'est éclipsée, comme la veille, avant que je m'en rende compte. J'ai laissé tomber, et on n'en a plus reparlé. Peut-être avait-elle besoin, tout simplement, de trouver elle-même ses marques dans la classe.

La Japy crépitait toujours et sans arrêt, en écho à leurs questions et à mes réponses.

———

Corbino est entré dans la pièce, une chemise cartonnée à la main. Il a murmuré quelques mots à l'oreille du commissaire, qui a froncé les yeux en me regardant, avant de le remercier d'une tape amicale sur l'épaule. Puis il est sorti du bureau d'un air qui m'a semblé contrarié, je me suis demandé pourquoi, peut-être venait-il d'apporter un élément en ma faveur ? Le commissaire s'est rassis, a parcouru le contenu du dossier, et sans me regarder m'a dit :

- Donc, à vous entendre, votre intérêt s'est rapidement porté sur mademoiselle Beaumont...

- Uniquement l'intérêt pour son travail, monsieur le commissaire. Et pour celui de ma classe.

- Disons que mademoiselle Beaumont a dès la première heure de cours attiré votre attention... Qu'avez-vous appris sur sa scolarité antérieure ? Avait-elle eu auparavant, je veux dire dans le lycée d'où elle venait, Orléans si j'ai bien compris, le même comportement ?

Je lui ai précisé que j'étais passé au secrétariat du lycée dès le lendemain de la rentrée pour jeter un coup d'œil sur son dossier scolaire. La secrétaire m'a demandé si j'avais *déjà* un problème avec mademoiselle Beaumont. Elle m'a signalé que le proviseur l'avait reçue deux semaines avant la rentrée avec son père pour son inscription ; elle lui avait semblé absente, fermée, peu sympathique, ce qui confirmait ma première impression. Je n'avais pas appris grand-chose dans son dossier, sauf que son redoublement n'était justifié que par un niveau insuffisant dans les matières littéraires (ses notes au bac de français étaient sans appel), mais rien de particulier ou de répréhensible dans son attitude scolaire, mis à part quelques absences injustifiées et non excusées. J'en suis arrivé à la conclusion qu'elle vivait peut-être mal son déménagement à Metz et sa séparation avec ses camarades de Jean-Zay, et que les choses finiraient bien par s'arranger naturellement un jour ou l'autre – rien d'extraordinaire à tout cela. Mademoiselle Beaumont semblait une adolescente un peu rebelle, dotée d'un caractère sans doute trop entier, ce qui n'était pas une excuse dans le cadre de son travail scolaire.

Le commissaire, qui semblait en savoir assez sur ce sujet, m'a ensuite interrogé sur tes relations avec les autres élèves de la classe. J'ai répondu que tu ne t'étais pas vraiment intégrée, toujours isolée au fond comme au premier jour, à la même table, mais plus discrète. C'est vrai qu'au début tu débarquais régulièrement une ou deux minutes après le début de mon cours et que tu sortais la première par la porte du fond. Tu t'arrangeais pour entrer avant que j'aie fini l'appel des élèves, ce qui t'évitait d'avoir à aller chercher un billet de retard chez les surveillants, comme l'exigeait le règlement. Je crois que c'était un jeu pour toi, comme un défi, ou tout bêtement pour te faire remarquer, de moi et des autres élèves, comme si tu cherchais ta place dans la classe, ou à te donner une importance. Aucun de tes camarades ou presque ne t'adressait la parole, et vice-versa.

Tu semblais insaisissable, et avoir réponse à tout à ton avantage. Lorsque je t'interrogeais tu daignais répondre, toujours après un soupir qui en disait long et qu'on devait entendre à l'étage au-dessus et d'un bout à l'autre du couloir, mais de manière laconique, par des bribes informes, au point que je me demandais si tu ne le faisais pas par provocation.

Ce n'est qu'après la rentrée de novembre que tu t'es mise à faire des efforts et que j'ai pu enfin me rassurer sur ta capacité à émettre un avis sensé, un son normal.

Et même, à mon grand étonnement, un miraculeux sourire.

—

Hier, Marie, j'ai voulu écrire à mes parents.

Depuis ma première incarcération je ne m'étais jamais endormi sans une pensée pour eux. Je savais que j'étais dans les leurs, moi qu'ils allaient perdre, moi qui avais brisé leur vieillesse. Je les imaginais inconsolables dans les bras l'un de l'autre, tournant en rond comme deux âmes torturées dans leur petit deux-pièces au bout de la rue, ou retirés chacun dans leur solitude, mon père dans son atelier de bricolage au fond du jardin, ma mère devant sa vieille machine à coudre ou ses pelotes de laine, son vieux chat ronronnant sur ses pantoufles. Ma condamnation les avait voués à un état que je n'avais aucune peine à imaginer, aux limites de la survie.

Résonnait encore en moi le son de leur voix lors de notre ultime conversation, la veille de mon arrestation, celle, grave mais chaude, de mon père, celle, un peu triste, de ma mère. Je leur avais promis de leur faire visiter Nancy, qu'ils ne verraient jamais. Aux vacances de Toussaint, l'an dernier, ils étaient venus passer deux jours chez moi, on était passés en voiture devant mon lycée, on avait fait le tour de la place d'Armes avant d'entrer dans la cathédrale, nous avions déambulé sur la colline Sainte-Croix, sur la place Saint-Jacques, et je leur avais offert un des meilleurs gâteaux de chez Bourguignon. Ces souvenirs me déchirent.

Je voulais leur écrire depuis plusieurs jours déjà, mais je ne me sentais pas prêt, et je redoutais de le faire. Que peut dire à ses vieux parents un fils qu'on va guillotiner ? Ce serait sans doute la dernière lettre qu'ils recevraient de moi, une lettre d'adieu, mais qui risquait d'accroître encore plus leur malheur, peut-être les achever.

J'étais terrifié à l'idée que se coupe à tout jamais le cordon filial qui avait fait de moi ce fils dont ils avaient été si fiers. Cette lettre, ce serait pour moi ma mort anticipée, et sans doute la leur aussi. J'étais torturé par la peine que, malgré moi, je leur avais infligée, et par la perspective déchirante du drame qui allait bientôt s'abattre sur eux et les accompagnerait jusqu'à la fin de leur existence. Ils ne méritaient pas de la voir détruite par la honte, eux qui avaient été si heureux de ma réussite, de mes projets et de l'amour que je leur portais. Je savais que nous ne nous reverrions plus, et je voulais seulement leur dire encore que j'étais innocent et à quel point je les aimais.

Ils étaient déjà vieux, et leur santé m'inquiétait parfois. Mon père ne s'était jamais vraiment remis des quelques semaines qu'il avait passées à l'automne 1944 dans le camp de la Gestapo de Sarrebruck, où il avait été enfermé pour avoir distribué des tracts contre Hitler, et où il avait subi des sévices innommables qui l'avaient cassé. À son retour il avait vieilli de dix ans et, lui qui était autrefois un athlète, s'était subitement ratatiné. Pour lui comme pour moi, ma mère s'était toujours pliée en quatre, héroïne silencieuse de tous les instants. Elle aussi commençait à fatiguer, elle avait toujours eu les poumons fragiles. C'était pour me rapprocher d'eux que j'avais demandé ma mutation pour un lycée de Metz.

La dernière fois que je les avais vus, c'était le jour de Pâques de cette année, un mois avant le drame. J'avais été les chercher chez eux à Trèves, dans leur petit appartement qui donnait sur la vieille porte romaine, et je les avais invités dans un restaurant de la petite ville de Saarburg. Près de la célèbre cascade, j'avais demandé à un monsieur qui se promenait de nous photographier tous les trois avec mon appareil – je n'avais pas eu le temps de faire développer la pellicule avant mon arrestation, elle est restée dans un tiroir de mon appartement, à moins que les enquêteurs ne l'aient fait dans l'espoir d'y trouver matière à m'enfoncer un peu plus.

Puis nous avions déambulé dans les rues, et je marchais derrière eux, je les observais avec tendresse, ils se tenaient la main comme deux petits vieux qui ont encore un bout de chemin à faire ensemble et qui ont peur de se perdre ou de tomber. Je les sentais heureux d'être avec moi. Ils m'avaient demandé sur la route du retour comment ça se passait au lycée de Metz, si j'avais de bons élèves, et si j'étais satisfait de mon métier. Je crois même, Marie, leur avoir parlé de toi, comme d'une élève à qui j'avais réussi à faire aimer la lecture des romans. Mon père m'a demandé discrètement si j'avais quelqu'un dans ma vie, je lui ai répondu que pour le moment, non, je voulais d'abord terminer ma thèse, j'en aurais pour au moins deux ans encore. Je crois que cette journée aura été notre dernier bonheur, avant que le monde ne s'écroule autour de nous et brise nos vies.

À ma demande, et avec l'accord du directeur, le gardien m'a apporté quelques feuilles de papier à lettres et une enveloppe neutre, car je ne voulais pas qu'ils voient le cachet de la prison ou du ministère de la Justice, ou que le facteur les regarde de travers. Je me suis assis devant ma petite table, la tête pleine de ce que j'allais leur écrire. Bizarrement, j'ai cru retrouver la même sensation chaude et réconfortante que j'éprouvais chaque fois que je leur écrivais le dimanche matin avant la messe lorsque, adolescent, j'étais au pensionnat à Mannheim, et comme si, durant quelques minutes, j'allais me blottir dans leurs bras.

Mais je n'étais plus dans la salle de classe de mes quinze ans. J'étais en prison, et mes jours étaient comptés. Et puis, s'ils étaient mes parents, ils étaient devenus le père et la mère, non pas d'un meurtrier car je ne l'étais pas, mais d'un condamné à mort. J'étais leur enfant unique, l'enfant qu'ils avaient eu du mal à avoir, qu'ils étaient si fiers de voir enseigner à de jeunes Français, et dont la mort ignominieuse et injuste allait les détruire.

Alors, devant la page blanche, je me suis senti tétanisé, et ma tête pleine de ma vie avec eux s'est vidée comme un mirage de ces images et des mots simples que je voulais leur écrire.

Je ne savais plus quoi leur dire, ni comment l'exprimer. Je craignais la maladresse, le mensonge qui consisterait à leur dire que malgré tout j'allais bien, que j'étais pas trop mal traité, qu'il y avait encore un espoir, et qu'ils ne devaient pas s'en faire pour moi, mon avocat allait obtenir la cassation, et même si ce n'était pas le cas, le président de la République me gracierait. Mais cet espoir que tout allait s'arranger, je n'y croyais pas moi-même. Y auraient-ils cru ?

Je redoutais par-dessus tout de déclencher, lorsqu'ils me liraient, un torrent de larmes, d'ajouter de la douleur à leur tourment, de leur faire revivre et regretter les belles années qu'ils m'avaient données. Ils espéraient toujours que je me marierais, que je fonderais une petite famille, que je reviendrais enseigner la littérature française dans une université allemande, à Sarrebruck par exemple, pour n'être pas trop loin d'eux. Oui, c'est ce que j'aurais pu faire, mais que je ne ferai jamais.

Je suis resté prostré presque une heure devant ma page vierge, le stylo entre mes doigts engourdis et tremblants. Je savais que c'était ma dernière lettre, et je me demandais même si elle ne leur ferait pas plus de mal que de bien, si la consolation que j'en attendais ne serait pas un coup de poignard supplémentaire et définitif.

Et puis j'ai trouvé le seul mot possible, que j'ai écrit en grandes lettres au milieu de la feuille : *Pardon*.

Je n'ai même pas eu le courage de signer. Dans un cri de révolte j'ai déchiré la feuille, avant de passer le reste de ma journée étendu sur mon lit à regarder fixement ce plafond triste de ma cellule où j'aurais voulu m'engloutir et me dissoudre pour disparaître.

———

Je suis toujours face au commissaire Bourgeois, à qui j'ai longuement parlé de toi.

M'écoutait-il réellement, m'écoutait-il même encore ? Son attention semblait avoir décroché quelque peu, et je sentais à quelques signes que mes propos étaient peut-être devenus superflus, même si je ne faisais que répondre à ses questions.

Son regard sur moi avait perdu de son acuité, ses gestes traduisaient une certaine lassitude et je percevais, comme parfois chez mes élèves, une évasion de sa pensée, mais peut-être n'était-ce de sa part que le calme avant une nouvelle tempête. Sans doute en savait-il maintenant suffisamment sur le sujet, et voulait-il passer rapidement à autre chose, suivant une stratégie qui ne devait rien au hasard. Je le sentais placer ses pions, soupeser ses arguments, prêt à sortir de sa manche une carte maîtresse qui ferait de mon innocence la preuve de ma culpabilité.

Il devait être autour de 16 heures, et je me sentais au bord de l'épuisement, l'estomac vide et les muscles paralysés par la douleur.

J'aurais donné n'importe quoi pour pouvoir m'étendre ne serait-ce que dix minutes, même par terre, sur le carrelage froid. Par la fenêtre au-dessus du radiateur auquel j'étais toujours attaché, je voyais de lourds nuages gris prêts à se déverser sur la ville. Le temps était à l'orage, et l'atmosphère de la pièce de plus en plus étouffante. Le silence était pesant, oppressant. J'aurais été jusqu'à prier tous les saints du ciel pour que l'interrogatoire cesse, qu'on m'envoie dans une cellule : dormir, ne plus rien voir, ne plus entendre ces hommes s'acharner sur moi. Je voulais voir disparaître cette journée.

Mais une autre épreuve m'attendait. Comme subitement requinqué, le commissaire est venu se remettre à califourchon sur la chaise qui me faisait face.

- Passons à autre chose, Dietrich, m'a-t-il lancé d'un ton qui ne laissait aucun doute sur sa volonté de serrer un peu plus le nœud de la corde. Où étiez-vous le jour de la mort de mademoiselle Beaumont, lundi 2 mai, entre 11 heures et 14 heures ?

J'ai senti une coulée glacée couler dans mon dos. Je comprenais que les choses sérieuses commençaient, et que l'accusation du meurtre de Marie se rapprochait de moi, puisqu'ils en arrivaient à mon emploi du temps. Ils allaient me décortiquer, me démonter comme un meccano, pièce après pièce. Je devenais le gibier, et la battue pour me débusquer commençait pour de bon.

Mais la question du commissaire, tout en m'inquiétant sur sa volonté de ne pas me lâcher, me donnait de quoi prouver ma bonne foi, même si je me méfiais de la manière dont il pouvait interpréter ma réponse et la retourner contre moi. En relevant la tête et en le regardant droit dans les yeux, je lui ai dit avec assurance que ce jour-là j'étais à Nancy, au Centre régional de documentation pédagogique, pour un stage de formation des maîtres auxiliaires dont mon inspecteur m'avait demandé d'animer la session du matin, il pouvait d'ailleurs vérifier auprès de la secrétaire du lycée ou directement au rectorat la véracité de cette mission.

Il m'a rétorqué d'un ton sec que c'était déjà fait. L'inspecteur Corbino venait de lui en apporter la confirmation, avec un fax de l'ordre de mission signé du proviseur. La secrétaire lui avait même certifié oralement, après vérification téléphonique en sa présence auprès du directeur du C.R.D.P., que j'étais effectivement ce jour-là en mission à Nancy, mais sans plus de précision.

- Mais il y a un hic, Dietrich, a-t-il ajouté en tapotant nerveusement le document de l'index. Vous y étiez convoqué *u-ni-que-ment* – il a détaché chaque syllabe – pour la matinée, car un autre de vos collègues devait prendre le relais à 14 heures, c'est écrit là noir sur blanc, et vous le saviez ! Et là voyez-vous, il y a un vrai problème, car au moment où Marie Beaumont a été assassinée, vers 14 heures justement, vous n'étiez plus censé être à Nancy, vous étiez sans doute à traînailler quelque part dans la région de Metz, et vous voulez que je vous dise (il s'est rapproché de moi avec un regard furibond) : je crois même que vous étiez dans le coin où a eu lieu le crime, j'en mettrais ma main au feu ! Nous allons tout passer au peigne fin, sauf si vous avouez tout de suite. Vous ne vous en sortirez pas, Dietrich. Alors vous allez gentiment tout me dire depuis le début, à quelle heure vous êtes parti de votre domicile, et surtout celle à laquelle vous avez quitté Nancy et celle où vous êtes rentré chez vous, et ce que vous avez fait entre les deux. J'exige que vous soyez le plus précis possible, pour moi chaque détail compte. Et ne vous faites aucune illusion : tout sera vérifié et passé au peigne fin, d'ailleurs mes hommes sont déjà en train de le faire, et croyez-moi ils ne laisseront rien passer.

Son assurance m'a semblé terrifiante, au point que je me disais qu'il serait capable de démontrer diaboliquement que j'étais un autre que celui que je prétendais être. Mais je me souvenais bien de tout, du moindre détail, et c'était ma seule chance de le convaincre et de m'en sortir. Il fallait que je la joue serré, comme lui et ses flics allaient le faire.

Sans trembler, sans aucune hésitation suspecte ou trémolo douteux dans la voix, je lui ai précisé calmement que la réunion débutait à 9 heures, j'avais quitté mon appartement de Queuleu une heure plus tôt pour prendre l'A31, je suis arrivé au C.R.D.P. de la rue de Metz, à l'entrée de Nancy, une quinzaine de minutes avant le début de la séance de travail, le temps de récupérer les dossiers de mes douze stagiaires au secrétariat, et de m'entretenir quelques minutes avec l'inspectrice de français chargée de me présenter et d'introduire la réunion avant de me laisser à la manœuvre (je pouvais lui donner son nom s'il voulait vérifier : madame Solange Bemer).

J'ai ajouté, pour être complet et lui prouver que je ne cachais rien, que le thème de la journée de stage était une réflexion sur les futurs programmes de français en classe de troisième en lien avec les exigences de la classe de seconde – sans doute cette précision lui a-t-elle semblé superflue, car il a soupiré bruyamment en faisant un moulinet moqueur et impatient de la main pour me signifier d'accélérer et que de cela il se fichait comme de l'an quarante ou que j'étais hors-sujet. Nous avons fait, ai-je donc poursuivi, une brève pause-café un peu avant 11 heures, et terminé à environ midi un quart. J'ai repris ma voiture une dizaine de minutes plus tard. Il n'y avait pas de circulation sur la route, mais j'ai été retardé par un contrôle de gendarmerie en traversant Ancy-sur-Moselle, là aussi il pouvait vérifier puisque j'avais été verbalisé pour un pneu usagé.

Il a légèrement sursauté et froncé les sourcils, et m'a demandé pourquoi j'étais passé par là, en argumentant qu'en général, après une matinée de travail intense et vu l'heure, on a hâte de rentrer chez soi par le chemin le plus rapide :

- Ou alors, dites-moi si je me trompe, vous êtes rentré par la route de Pont-à-Mousson, et dans ce cas vous aviez certainement une raison bien particulière de faire un long détour, que vous allez gentiment m'expliquer… un rendez-vous avec mademoiselle Beaumont, par exemple ?

Il s'est renversé sur le dossier de sa chaise et m'a fixé en arborant un sourire sardonique qui n'avait rien de complaisant. Le sourire de celui qui vient de marquer le point gagnant. J'ai accusé le coup, et il en a profité pour pousser son avantage :

- Curieux, non ? Marie Beaumont n'était pas au lycée ce matin-là, ne me dites pas le contraire car vous le saviez n'est-ce pas, et vous n'y étiez pas non plus, pour cause, vous vous êtes donc arrangés pour vous retrouver quelque part, c'était l'occasion rêvée, non ? Le prof absent et l'élève qui fait l'école buissonnière... D'autre part, ses parents étaient partis en week-end, ils ne sont rentrés que lundi soir, quelle aubaine ! On a retrouvé le cadavre de mademoiselle Beaumont dans un bois entre Gorze et Ancy, à une petite heure à pied de son domicile. Sa mort remonte à ce lundi entre midi et 14 heures, dans le créneau où vous étiez dans le coin, puisque vous venez de me dire que vous avez été verbalisé à Ancy. Une coïncidence troublante, vous ne croyez pas, Dietrich ?

Il s'est levé de sa chaise, qu'il a écartée brutalement, puis a approché son visage du mien, un visage dur, implacable et déterminé, ce masque que l'on se colle quand on sait qu'on a gagné par KO. Il m'a dit qu'il comprenait mieux pourquoi je n'avais pas repris l'autoroute, que tout avait été manigancé d'avance, et que tout maintenant lui semblait clair.

Je lui ai répondu du tac au tac que c'était n'importe quoi, que j'étais libre du choix de mes itinéraires et que ses supputations d'un rendez-vous avec mademoiselle Beaumont n'avaient aucun sens, d'ailleurs comment aurais-je su, Marie, que tu ne viendrais pas au lycée ce matin-là ?

Il y avait une autre raison à mon détour, que je ne pouvais pas cacher au commissaire car elle confortait ma vérité : durant la pause-café, j'avais proposé à l'un des stagiaires, que je connaissais depuis peu (il enseignait au collège Taison) de le déposer au retour chez lui à Gorze, cela lui éviterait de reprendre le train de Nancy à Novéant, puis le bus ou le taxi jusqu'à son domicile. Cela ne me posait aucun problème, car j'avais le temps, et cela me ferait de la compagnie. Dans la voiture, en commentant les paysages dominant la Moselle, il m'a dit qu'il faisait partie d'un club de marche, et que si cela m'intéressait il pourrait me faire découvrir la région de Gorze, à commencer par le site de la croix de Saint-Clément, bien connue des randonneurs, c'était d'ailleurs sur ma route pour rentrer à Metz, m'a-t-il dit en me montrant du doigt sur la gauche la côte boisée entre Gorze et Ancy ; il m'a même conseillé de m'y arrêter, de là on avait une magnifique vue sur la vallée. J'ai répondu que je verrais, un autre jour peut-être, je viendrais y faire des photos.

La croix Saint-Clément... Je venais de mettre le pied dans un piège à loup.

———

La nuit m'a été bienveillante. Peut-être étais-je trop fatigué, trop bouleversé quand j'ai posé ma plume après m'être replongé dans la fournaise de ces heures dramatiques, pour qu'aucun mauvais songe ne soit venu m'assaillir de ses griffes.

J'ai ouvert les yeux avec l'impression douce d'un matin normal annonçant une journée ordinaire – mais qu'est-ce qu'une journée ordinaire pour un condamné à mort ? Les mains derrière la nuque, le dos relevé contre les barres de fer de mon lit, j'ai presque réussi à savourer ce moment de paix, que je savais provisoire et fugace, et à contourner le souvenir de mes heures d'interrogatoire. Mais, comme une vague submersive que l'on n'attend pas, l'image et la voix du commissaire se sont projetées face à moi.

Continuant à être obsédé par ma matinée à Nancy et à imaginer une rencontre maléfique avec toi dans le bois où tu as rencontré ton assassin, ma pauvre Marie, il a poursuivi :

- Donc si je résume, vous avez déposé votre ami chez lui, puis vous êtes revenu par Ancy. Cela vous a fait un sacré détour dites-moi, parce que Gorze ce n'est pas direct, depuis Nancy il faut bien une heure, un peu moins si on ne traîne pas, non ? Quelle heure était-il lorsque vous avez déposé votre collègue, chez lui à Gorze ? Soyez très précis : c'est d'une importance capitale, et de toute manière nous comparerons votre version et la sienne.

J'ai senti que ce redoublement d'intérêt pour mon emploi du temps ne jouait pas en ma faveur. Je devinais qu'il avait devant lui plusieurs ficelles, qu'il essayait de les relier les unes aux autres dans le bon ordre – le sien – et qu'il allait en tresser la corde pour me pendre. Je sentais se refermer peu à peu les mâchoires du piège, et un éclair dévastateur a soudain traversé mon esprit.

Bien que déstabilisé, j'ai répondu au commissaire qu'il devait être aux alentours de 13 heures 45, un peu plus peut-être, car mon collègue m'a fait faire un petit détour pour me montrer l'abbaye des Prémontrés à Pont-à-Mousson, que je ne connaissais pas. Je l'avais déposé chez lui, près de la poste de Gorze, et j'étais reparti aussitôt en direction d'Ancy. Le commissaire Bourgeois m'a dit que cet élément de l'enquête serait vérifié, et qu'il convoquerait mon collègue dès le lendemain.

- 13 heures 45 à Gorze, ça vous fait donc du 14 heures à Ancy, pas plus, sauf si vous vous êtes effectivement arrêté à la croix Saint-Clément pour rejoindre Marie Beaumont, ce dont je suis persuadé. Vous avez pris le temps nécessaire pour commettre votre forfait, tranquillement, sans témoin, et vous êtes reparti pour rentrer chez vous !

Tout cela ne tenait pas debout. Il me fallait trouver la faille dans sa démonstration, mais comment, assommé que j'étais, pouvais-je prouver que je n'avais rien à voir avec cette histoire ? J'étais partagé entre l'horreur du crime dont tu avais été victime et l'acharnement de ce flic à m'en croire l'auteur.

- Vous étiez là, Dietrich, et à la même heure où Marie Beaumont a été violée et étranglée. Je vous pose la question : vous êtes-vous arrêté à la croix de Saint-Clément ? Aviez-vous rendez-vous avec elle ? L'avez-vous violée et tuée ?

J'ai ressenti une déflagration à l'intérieur de moi, un immense craquement de tout mon être. J'étais happé hors de la normalité du monde, et comme plongé dans une altération que je ne comprenais pas, qui faisait frissonner tous mes sens. Je me sentais dédoublé par cette ignoble accusation, comme si un être monstrueux avait pris le dessus sur celui que j'étais jusqu'à ce matin. Puis j'ai repris conscience de la terrible réalité : un homme en face de moi, froid et déterminé, qui voulait me faire avouer l'inavouable.

J'ai répondu, d'un ton que j'ai essayé d'être le plus ferme et le plus convaincant possible, que j'étais rentré directement chez moi depuis Gorze, car je n'ai jamais eu de rendez-vous avec Marie Beaumont, mais que j'avais été retardé à Ancy par un contrôle de gendarmerie, et que c'est peut-être à ce moment-là qu'un autre avait commis son forfait. Mais j'aurais juré ce non sur les Saints Évangiles et la main dans un brasier, qu'il ne m'aurait pas cru. Au pli qui a traversé son front et durci ses traits, j'ai compris que ma réponse ne collait pas au scénario qu'il avait imaginé, et qu'il voulait m'imposer. Je le voyais s'impatienter et retourner dans sa tête la question qui pourrait me faire commettre une erreur fatale, et m'entraîner dans son filet.

Il a encore pinaillé sur quelques détails, décidé à m'embrouiller, à me faire me contredire, à revenir sur mon emploi du temps pour vérifier si je ne m'emmêlais pas. Ses questions étaient de plus en plus précises, rapides, vicieuses et orientées, et me mettaient mal à l'aise. Visiblement, c'est ce qu'il cherchait, certain de me faire tomber d'une minute à l'autre comme une poire blette. J'avais le sentiment qu'il cherchait moins une preuve tangible qu'à me faire craquer d'épuisement. Il semblait imbu de cette philosophie policière pour qui l'important n'était pas la preuve, mais l'aveu, et qu'il n'y avait pas pour l'obtenir de règle prédéfinie, tous les coups étaient permis et invérifiables.

L'atmosphère de la pièce semblait brusquement s'être alourdie, comme préludant à l'acte final. D'ailleurs, tels deux fauves sentant l'odeur du sang, Duroc et Corbino sont entrés à ce moment-là et se sont mis face à moi comme pour mieux recueillir ma confession, qu'ils sentaient imminente.

C'est vrai que l'horaire et le lieu – j'étais passé vers 14 heures à proximité de la croix Saint-Clément – correspondaient à ceux de l'assassinat de Marie, et il me fallait éviter de me prendre les pieds dans le tapis, bien que je n'aie absolument rien à me reprocher. J'avais le sentiment de m'être trouvé au mauvais moment au mauvais endroit. J'en arrivais à maudire ce type qui m'avait proposé de le déposer chez lui, et davantage encore ma décision idiote de ne pas rentrer par l'autoroute, comme tout le monde.

Mais je ne voulais rien céder. Je leur ai crié qu'ils avaient des méthodes de nazis, qu'ils pouvaient me frapper mais que je n'avouerais jamais ce que je n'avais pas commis. Si Marie Beaumont, ai-je ajouté, avait subi ce sort ignoble, par respect pour elle ils devaient retrouver son véritable assassin, et non pas accuser le premier venu.

———

Bien que le commissaire m'ait menacé de porter plainte pour insulte à des fonctionnaires de police assermentés, j'ai senti une certaine déception chez les trois flics, comme si je venais de les priver de leur victoire et de les forcer à employer un autre stratagème. Le commissaire m'a demandé si j'avais remarqué quelqu'un, ou quelque chose de particulier, de louche, une voiture garée au bord de la route, par exemple, ou un promeneur... Était-ce de sa part un recul, un changement de stratégie, une pause dans la guerre éclair ?

J'ai réfléchi quelques secondes, avant de me rappeler qu'une centaine de mètres avant le sommet de la côte, j'avais dû ralentir avant de pouvoir doubler un cycliste qui zigzaguait en danseuse au milieu de la route, au point que j'avais dû effectuer un brusque écart pour éviter de le renverser, avant de le voir dans mon rétroviseur mettre pied à terre sur le bas-côté, à l'entrée d'un chemin qui entrait dans le bois. Bourgeois m'a demandé si je pourrais reconnaître le type. J'ai simplement dit qu'il était grand et assez costaud, et qu'il portait, je crois, un maillot à damier bleu et jaune et une casquette rouge, mais je n'avais pas vu son visage.

Il s'est tourné vers Duroc et lui a demandé de retrouver sans tarder ce type, on ne sait jamais, même si ce serait chercher une aiguille dans une botte de foin. J'ai dit que c'était une piste sérieuse, il a répliqué méchamment que ce n'était pas à moi d'en juger. Puis il a réfléchi un moment, avant de poursuivre l'interrogatoire en me questionnant sur ce contrôle de gendarmerie qui m'avait retardé à Ancy.

Il devait être 14 heures 15. Il y avait six ou sept voitures devant moi, devant un bistrot au bord d'une petite place. Les gendarmes prenaient leur temps, comme s'ils avaient décidé ce jour-là de faire du zèle ou comme s'ils recherchaient un évadé de prison. J'ai dû perdre trois quarts d'heure. Quand mon tour est arrivé, ils m'ont demandé mes papiers, m'ont fait ouvrir mon coffre et vérifié mes pneus, et comme l'un des deux à l'arrière était presque lisse, ils m'ont flanqué une amende. J'ai eu beau protester gentiment et leur dire que je n'avais rien remarqué car ce n'était pas si évident, ils n'ont rien voulu savoir, évidemment.

Le commissaire m'a dit que cela aussi serait vérifié avec la gendarmerie d'Ars-sur-Moselle, notamment l'heure exacte et la liste des personnes contrôlées.

Je supposais qu'il allait faire examiner ma voiture pour cette histoire de pneu, ce qui me semblait normal, et bien sûr interroger le collègue que j'avais ramené, dont j'avais précisé qu'il enseignait au collège Taison à Metz. Et peut-être surtout tenter d'identifier ce cycliste qui s'était arrêté au bord du bois de Gorze... et c'est là que ça m'est revenu, et que je me suis empressé de le dire au commissaire :

- Ce type, le cycliste que j'avais doublé près du bois... eh bien, au moment où je discutais avec les gendarmes pour cette histoire de PV, je crois l'avoir vu de dos poser son vélo et entrer dans le café, oui c'était bien lui, avec son maillot et sa casquette, je ne pouvais pas me tromper, il avait la même silhouette. J'ai remarqué aussi qu'il s'est retourné à plusieurs reprises vers les gendarmes.

Le commissaire m'a regardé d'un air incrédule, sans s'attarder à ce qui aurait dû lui sembler un point capital, propre à me dédouaner, avant de me demander si les clés et les papiers de ma voiture étaient chez moi.

Comme je les avais dans la poche de ma veste, accrochée à la patère à droite de la porte, le commissaire les a pris et les a aussitôt remis à l'inspecteur Duroc en le chargeant d'envoyer une équipe sur le parking de mon immeuble et de ramener ma voiture devant le commissariat, de la fouiller de fond en comble et de vérifier cette histoire de pneu (y compris de voir s'il y avait des traces de terre et de feuilles mortes), sans oublier le PV à la gendarmerie d'Ars. Puis il s'est retourné vers moi et m'a demandé ce que j'avais fait après mon retour de Nancy.

J'étais arrivé chez moi vers 15 heures, peut-être un peu plus. J'ai pris une douche, avalé un sandwich, puis j'ai commencé à préparer mes cours pour les jours suivants. Le lendemain matin, je suis retourné au lycée. Mademoiselle Beaumont était absente, mais personne ne s'en est étonné ni encore moins inquiété, la veille non plus d'ailleurs m'a-t-on dit, au lycée on était habitué à ses absences, rarement justifiées.

J'ignore pourquoi, le commissaire a détaché le bracelet du radiateur, avant de me proposer un verre d'eau et une cigarette, mais je ne fumais pas. Était-ce bon signe pour moi ? Mes réponses l'avaient-elles satisfait ou convaincu ? Allait-il me dire que je pouvais rentrer chez moi, que j'étais libre, que finalement je n'avais rien à voir dans cette sordide histoire ? Non, ce n'était pas possible, l'enquête ne pouvait pas s'arrêter là, ces types-là ne lâchent pas le morceau comme ça. J'étais dans un état d'abattement tel que cela me paraissait invraisemblable, mon sort était scellé, en tout cas fort compromis. N'était-ce pas plutôt pour m'amadouer et m'inciter à en dire davantage ? Ou pour clore une première étape de l'interrogatoire et en ouvrir une autre ? J'allais vite être fixé.

Au bout de quelques minutes, dans un geste lent et volontairement théâtral, le commissaire a sorti une enveloppe d'un tiroir de son bureau, l'a plantée devant mes yeux et m'a demandé si je reconnaissais l'écriture.

C'était la mienne, et l'adresse était la tienne, Marie.

———

La lettre…

Au bout d'interminables secondes, le temps nécessaire de tenter de deviner comment elle avait atterri sur son bureau, j'ai dit oui, et je savais, au mot près, ce qu'elle contenait.

Le commissaire l'a sortie de l'enveloppe. Ses yeux dans les miens, il l'a dépliée, et l'a mise face à moi. Ce fut, Marie, le moment le plus terrible, où je me suis senti tomber dans l'abîme. Je me suis approché de la lettre, j'ai vu qu'elle avait dû être déchirée en quatre morceaux, recollés avec des morceaux d'adhésif. Mon sang n'a fait qu'un tour, et j'ai très vite compris qu'il y avait un problème.

- Voilà, Dietrich, ce qu'on a trouvé à côté du corps de Marie Beaumont, à côté d'un livre. Vous savez ce que c'est, n'est-ce pas ? Bien sûr vous le savez. Là, vous ne pourrez plus nier. C'est la signature de votre crime.

Un coup de poignard dans le dos ne m'aurait pas fait pire effet. Tout m'est revenu en fulgurance.

Oui, cette lettre, Marie, elle est gravée en moi. Je me souviens de ce soir de la mi-janvier, assis devant mon bureau, hésitant longuement avant de prendre ma plume, pesant chaque mot, puis jetant ma feuille à la corbeille au bout de trois lignes en me persuadant que ça ne se faisait pas, un prof qui écrit à une élève, que je mettais le doigt dans un engrenage interdit, et que j'en serais forcément puni.

Que cette lettre, elle pourrait te choquer, tu la prendrais mal, tu pourrais la montrer à tes parents, qui aviseraient le lycée, qui ferait un rapport au rectorat, qui me radierait de l'enseignement, ça pourrait même aller plus loin, au tribunal. Mais je savais que tu ne le ferais pas, car je n'avais aucune mauvaise intention envers toi et tu le savais.

J'avais mis un disque de Serge Reggiani, des chansons un peu tristes, un petit garçon, une solitude, des loups dans Paris, le temps qui passe trop vite. Je les connaissais toutes par cœur, mais j'avais toujours besoin d'elles dans ces moments de doute, où j'étais face à moi-même. Puis, balayant mes craintes, je me vois recommencer la lettre, deux fois, trois fois avant de me décider à aller jusqu'au bout, hésitant à utiliser des mots que tu aurais pu mal interpréter, avant de les laisser s'échapper librement de la pointe de mon stylo. Pour éviter que la nuit me porte mauvais conseil et me la fasse déchirer en mille morceaux à mon réveil, je suis sorti pour la poster au coin de ma rue, sans regret, le cœur battant. J'ai encore hésité avant de la glisser dans la boîte jaune, à quelques mètres de mon immeuble.

Je n'ai pas dormi cette nuit-là.

Tu l'as reçue. Je l'ai vu à ton regard insistant lorsque tu es entrée en classe trois jours plus tard. Un regard sans reproche, qui me disait qu'elle t'avait chauffé le cœur, et qu'elle était désormais notre secret. Tu ne m'en as jamais parlé, c'était mieux comme ça.

Ils l'ont retrouvée à côté de ton corps massacré, et ils veulent que ma signature soit aussi celle de ton assassin. Je ne pouvais imaginer qu'elle était avec toi au moment où ce dingue t'a tuée. Peut-être t'en servais-tu simplement comme marque-page, en toute innocence. Demain elle sera peut-être en pleine page du journal.

Ce soir, dans ma cellule, trois semaines après le procès, dans l'attente de la mort, j'en retrouve la trame, les mots, les images. Je ne les avais écrits que pour toi, et les voilà maintenant portés sur la place publique, dévoyés et souillés par une main qui m'accuse de la plus ignoble des manières.

Alors je veux te la réécrire. Ils nous l'ont volée, alors je te la rends, même si tous les mots ne sont pas les mêmes.

Ma chère Marie,

Ainsi tu as aimé Thérèse Raquin *! Je n'en reviens pas ! Je suis fier de toi, tu sais...*

Le soir et le lendemain de la rentrée de septembre, devant ta fiche vierge et ton manque d'intérêt affiché – je dirais même plus « revendiqué » ! – pour les auteurs français, je me suis juré que j'arriverais un jour à t'accrocher à la littérature. J'ai longtemps cru que je n'y parviendrais pas, rien ne semblait t'intéresser, tu passais ton temps à rêvasser, tes copies étaient fades et sans consistance, à un point tel que je me demandais si tu n'étais pas dans la provocation à mon égard, et que peut-être tu me détestais de vouloir déranger ton anticonformisme.

Tu as vite décroché, tes résultats étaient inquiétants, et je me suis demandé qui avait bien pu t'orienter en section littéraire – d'ailleurs le conseil de classe de décembre a proposé une réorientation en fin de première, c'était un peu tard mais il n'y avait pas trente-six solutions. J'ai été ce soir-là le seul à te défendre. J'ai continué à y croire, à croire en toi, je n'allais pas te lâcher. Seule mademoiselle Lasard m'a soutenu, elle aussi gardait espoir en toi.

Et puis il y a eu cette conversation, que nous avons eue peu avant les vacances de Noël, quelques jours après la réunion parents-professeurs, tu t'en souviens ? C'était sur la petite place en face du lycée, j'allais reprendre ma voiture, et toi, sur le trottoir d'en face, une grosse écharpe de laine rouge entortillée autour de ton cou qui te donnait l'allure d'une enfant perdue, tu semblais attendre quelqu'un, sans doute pour rentrer chez toi. Il faisait froid, tu tapais des pieds dans la neige pour te réchauffer.

Tu m'as souri et tu m'as fait un petit signe de la main, comme si tu voulais t'excuser de quelque chose, de tes mauvaises notes, de ton manque d'intérêt, et dire que tu ne m'en voulais pas de te mettre la pression. Ce soir-là tu aurais pu me tourner le dos, parce que deux heures plus tôt j'avais démoli devant tes camarades ton commentaire d'un extrait de Germinal, *tes lignes sentaient davantage le brûlot anticapitaliste et anarchiste que l'analyse littéraire que j'avais demandée. Je ne pouvais pas bien sûr te suivre entièrement dans ta démarche, mais je me suis dit que tu ne manquais pas de tempérament, et qu'il fallait absolument que tu te mettes à lire.*

Je n'ai pas démarré tout de suite, car les autres partaient et tu étais maintenant seule, à quelques mètres d'un petit groupe qui s'attardait en riant. J'ai baissé ma vitre, tu t'es approchée, je t'ai demandé si tu attendais le bus de 18 heures. Tu m'as dit que ton père devait passer te prendre, mais qu'il serait encore en retard, comme d'habitude, à la caserne il n'avait pas d'heure.

Alors je t'ai proposé de l'attendre dans ma voiture, et s'il tardait trop, de te déposer chez toi si tu voulais, même si c'était loin, ou à la gare routière de la place Coislin. Les quelques élèves qui traînaient encore ont souri en te voyant t'asseoir à côté de moi, tout le lycée le saurait sans doute dès le lendemain, tu sais comment ça se passe…

Tu as allumé une cigarette. Tu m'as parlé du lycée, des profs, tu ne t'y sentais pas à ta place, Orléans te manquait, Metz t'ennuyait. Je t'ai demandé si tu savais au moins que Verlaine y était né, tu m'as répondu que oui, quand même, et que tu savais même où, à côté du palais de Justice ! Je t'ai encouragée à continuer à lire Zola. Tu t'es encore excusée des propos de ta mère à la réunion, je t'ai dit en souriant que j'avais l'habitude.

Ton père a fini par arriver, au bout d'une demi-heure, avec son uniforme et son regard bizarre et condescendant à mon égard, comme si j'étais coupable d'avoir gardé sa fille à l'abri du froid et de la neige. En sortant de ma voiture, tu m'as demandé de te prêter à l'occasion un livre ou deux.

Le lendemain, j'ai discrètement posé Thérèse Raquin *sur ta table. Ce n'était pas le plus facile à lire, mais je savais que tu aimerais, comme moi je l'avais aimé à ton âge. Tu n'étais pas du genre à lire des romans à l'eau de rose, et je prenais le pari que le caractère glauque et sordide, voire osé du livre allait te faire un électrochoc.*

Voilà, tu l'as lu et tu l'as aimé.

Nous avons fait le premier pas l'un vers l'autre ! J'espère qu'il y en aura d'autres pour nous rapprocher. Si tu veux, on peut continuer…

Ton professeur, Rainer Dietrich.

———

Trois semaines, Marie, que je suis enfermé dans ma cellule de condamné à mort. Je fais maintenant corps avec mon cachot, qui chaque matin me semble se rétracter un peu plus sur moi, jusqu'à ce que ses barreaux et ses murs finissent par me coller à la peau, comme pour m'encapsuler.

La nuit est en moi, je deviens nuit.

Je suis une anormalité dans un arrière-monde. Dans ma tête se sont installés des sons que je ne connaissais pas, un bruissement de jungle sauvage, parfois un chuintement qui m'est torture, un son métallique qui me semble être celui du couperet. La sensation que ma voix n'est plus la mienne, je ne reconnais pas mes propres sons, elle se fêle au même rythme que mon cerveau. Ma cellule pue la mort. L'air y a le goût vicié de l'enfermement et du désespoir. Je ne savais pas que la détention avait une odeur aussi écœurante, aussi indéfinissable.

Je me souviens avoir lu un jour le roman d'une jeune fille, une lycéenne qui avait ton âge (c'était son premier roman et tout le monde en parlait), qui décrivait le monde carcéral où était recluse son héroïne, évoquant l'opacité, le néant sans fin, *l'impression d'égarement, les nuits insomniaques, le silence comme une thérapie,* Oui, elle avait raison, c'est bien cela la prison.

Je prends chaque jour un peu plus conscience que le temps n'a plus pour moi la même signification qu'autrefois ; les heures qui s'écoulent, les jours qui passent, les nuits qui se succèdent, tout cela, qui rythmait ma vie d'avant, semble déjà ne plus me concerner, même si je parviens encore, grâce à ce lien avec toi, à conserver le fil de ces derniers mois.

Je sens m'échapper la notion du temps normal. Je flotte sans repère, sans autre but que rester encore un peu avec toi. Ce temps qui passe en silence à travers mon corps n'est plus le même que celui dans lequel je vivais dans mon existence antérieure. J'ai effacé mon passé, mon avenir n'existe plus, je suis déjà dans le monde des morts, et ma cellule est ma dernière étape avant ma fin.

J'ai oublié qui j'étais, tous les visages qui m'étaient familiers ont disparu de ma mémoire, sauf le tien, Marie. Même celui de mes parents m'est devenu flou, je n'en perçois plus que des rides grises et des larmes sur des visages fantomatiques. Les seuls que je vois encore, vides et mécaniques, sont ceux de mes gardiens, qui m'accompagneront à l'échafaud. Je vis enfermé dans une bulle noire qu'ils ouvriront un beau matin.

Je lis et relis la lettre. Moi qui, dans ma jeunesse, rêvais d'être écrivain, elle est sans doute la plus belle chose que j'aurai écrite, et toi ma seule lectrice puisqu'elle était pour toi. Tu la conservais quelque part, dans un livre qui sait ? Elle était ton repère, peut-être te faisait-elle rêver même si c'est innocemment que je te l'avais adressée. Elle a été le témoin de ton dernier souffle de vie.

Ils l'ont lue, ils s'en sont délectés, et ils ont décidé d'en faire la preuve d'un crime que je n'ai pas commis.

———

- Reconnaissez-vous être l'auteur de cette lettre ?

Je revois le commissaire Bourgeois, les yeux injectés de ce qui ressemblait fort à une haine contenue. Son coup était calculé, et la mise en scène imparable. Pour me déstabiliser et m'enfoncer dans les sables mouvants de l'interrogatoire, il sortait le grand jeu. Je me suis dit que ce vieux flic, sous ses airs de fonctionnaire impartial, était l'incarnation du mal, le Grand Inquisiteur des Frères Karamazov.

- Je répète, Dietrich : Avez-vous écrit cette lettre à Marie Beaumont, le 15 janvier 1977 ?

Je ne pouvais évidemment pas le nier. Je l'avais bien écrite. Le cacher, ç'aurait été te trahir, Marie, me réduire à l'abjection. Je valais mieux que cela.

La retrouver dans les pattes du commissaire a été pour moi un choc de plus. En la lisant, en la réduisant à quelque chose de maléfique, en faisant de cette lettre intime une arme contre moi, Bourgeois l'avait salie, violée, et je l'aurais tué pour cela, il n'avait pas le droit. Il m'attirait avec elle dans sa nasse sans que j'y puisse rien.

La preuve aussi que pour lui je n'étais pas dans ce bureau d'interrogatoire par erreur ou par hasard. Ils n'avaient pas perdu de temps. Sans doute avaient-ils déjà fourré leur nez dans tes affaires personnelles, dans ta chambre, pour voir s'il y en avait d'autres. Peut-être d'autres flics étaient-ils en train de mettre le mien, d'appartement, sens dessus dessous, de fouiller dans mes papiers dans l'espoir d'y trouver des lettres de toi, des lettres compromettantes, dans mes vêtements, dans mon intimité, et je les imaginais capables d'y trouver par le plus grand des hasards la corde avec laquelle je t'aurais étranglée ou, sur mon canapé blanc où tu ne t'étais jamais assise, un de tes beaux cheveux noirs ou un foulard oublié.

J'étais dans ce bureau depuis sept ou huit heures, je n'avais rien dans le ventre, j'étais toujours menotté, j'avais envie de dormir, et ma tête, parfois dodelinant, était dans un étau que le commissaire allait continuer à serrer jusqu'à ce que ma bouche vomisse des aveux malgré moi.

Ils allaient, si ce n'était déjà fait, décrypter la lettre à la loupe, la faire parler, sans doute la soumettre à un graphologue qui, à l'inclinaison de ma plume ou à la forme des entrelacs de mes mots, déterminerait scientifiquement les ressorts les plus cachés de ma personnalité et découvrirait un ignoble penchant pour le sexe et la violence. Ils en montreraient le rapport à un psy qui conclurait à la monstruosité irréversible d'un être qu'il fallait éliminer du tissu social.

Et, pour que tout soit dit, ils éplucheraient mon dossier de carrière et interrogeraient tous ceux qui avaient côtoyé de près ou de loin l'enseignant démoniaque qu'était Rainer Dietrich, des inspecteurs pédagogiques aux chefs d'établissement, de mes collègues à mes élèves eux-mêmes et à leurs parents.

Peut-être iraient-ils interroger les miens, sans égards pour leur âge et leur souffrance, et mes premiers maîtres d'école de Sarrelouis, des fois que le monstre que j'étais aurait déjà sommeillé en moi depuis sa tendre enfance. J'allais avoir droit à une enquête inquisitoriale qui me conduirait au bûcher parce que, simplement, j'avais voulu faire aimer la littérature à une jeune fille qu'on avait un jour retrouvée assassinée – forcément c'était moi, pourquoi chercher plus loin, pourquoi lui laisser la moindre chance puisque c'était lui ?

Mon pauvre crâne était le théâtre d'un cyclone de catégorie cinq, malgré ma certitude que ceux qui voulaient me broyer ne trouveraient dans ma lettre aucun élément pour m'accuser mais qu'ils pourraient sans impunité la retourner contre moi.

Et c'est ce qu'ils ont fait.

- Oui bien sûr, monsieur le commissaire, ai-je fini par répondre. Je l'ai effectivement écrite à mademoiselle Beaumont, au mois de janvier. Mais où est le mal ? Reconnaissez, avec tout le respect que je vous dois, qu'elle ne contient rien de répréhensible, et qu'elle ne prouve rien : je lui avais prêté un roman de Zola, elle l'avait lu et je voulais la féliciter pour avoir fait le premier pas. Pour moi, comme pour elle, c'était important, vous comprenez ? Elle avait besoin d'être encouragée. Je ne vois pas en quoi cela...

Le commissaire a frappé de son poing sur le bureau, s'est brusquement approché de moi et m'a demandé si par hasard je ne me fichais pas de sa gueule.

- Et ça, c'est quoi, m'a-t-il dit en pointant son index sur le bas de la page ? C'est aussi du Zola ?

J'ai cru voir les flammes de l'enfer.

Sous ma signature, deux cœurs entrelacés, sans équivoque, comme gravés en rouge, avec les initiales de nos deux prénoms, M et R, comme deux yeux globuleux, monstrueux et accusateurs, injectés de sang. Le mien s'est glacé dans mes veines. Mon corps s'est calcifié de terreur. Je regardais sans y croire ces deux dessins en un, et, derrière la lettre tendue vers moi, comme dans un brouillard opaque, le regard triomphant du vieux flic et de son acolyte l'inspecteur Corbino, qui venaient peut-être de marquer le point de leur victoire. Ils se sont regardés avec le rictus de ceux à qui rien n'échappe. Dans les yeux de Corbino, j'ai cru voir autre chose que de la satisfaction, comme un plaisir satanique et un lâche soulagement, celui d'être parvenu à ses fins.

La révolte a alors éclaté, poussée par le peu de force qui me restait. J'ai hurlé qu'ils étaient des salopards, que je n'avais jamais dessiné cela et qu'ils le savaient parfaitement. Je leur ai gueulé que c'était un coup monté, un piège indigne d'un flic, une vengeance personnelle ou complotée pour faire tomber un prof, allemand en plus, une machination sordide, l'occasion était tellement belle, n'est-ce pas, elle leur vaudrait une médaille et un long article flatteur dans le journal local qui ne demandait qu'à s'associer à la chasse à courre et à la curée finale.

J'ai essayé de me soulever de ma chaise, malgré la douleur qui m'arrachait le bras toujours enchaîné. J'avais envie de me sauver, de sortir de là. La chaise est tombée, je me suis retrouvé au sol, Corbino m'a relevé en me secouant et en me hurlant à la figure.

- Calme-toi Dietrich, m'a dit le commissaire en me tutoyant pour la première fois. Ça ne sert à rien et ça n'arrange pas ton affaire, au contraire. On va reprendre tout ça tranquillement, sans s'énerver. On va y arriver. Rizio, donne-lui tout de même à boire, et fais venir les autres. Il est à point maintenant.

J'ai senti qu'en me tutoyant le commissaire Bourgeois avait décidé d'accélérer sa sinistre manœuvre.

———

Hier après-midi, Marie, j'ai reçu une visite inattendue.

Je ne l'avais pas demandée, et encore moins souhaitée, mais je redoutais qu'on me l'impose, parce que ça faisait partie de la procédure, histoire de donner simplement bonne conscience à l'administration pénitentiaire.

Un prêtre.

Voir débarquer celui qui allait certainement m'accompagner le matin de mon exécution en me racontant son baratin m'a fait un choc, d'autant que je savais qu'il ne venait pas pour me parler de la pluie et du beau temps ou de la santé du pape.

En le voyant, j'ai cru ressentir comme le premier froid glacial sur ma nuque.

Le directeur, accompagné d'un des gardiens, est entré avec lui. Il m'a présenté le père Jean Strozzi, l'aumônier de la prison. Que je me rassure, m'a-t-il dit d'une voix presque suave pour ne pas m'effaroucher, ce prêtre n'était pas venu spécialement pour moi, mais de temps en temps il venait rendre visite aux détenus, et j'étais son dernier de la journée, histoire, me suis-je dit à moi-même, de la finir en apothéose avec un condamné à la guillotine, j'avais l'impression d'être la cerise sur le gâteau, celui qu'on gardait, comme le meilleur, pour la fin.

C'était un type d'une cinquantaine d'années, grand et costaud comme un missionnaire de la brousse, vêtu d'un costume gris anthracite comme presque tous les curés, avec un col blanc autour du cou et une petite croix en métal accrochée à la chemise. Il avait un livre à la main, format livre de messe doré sur tranche ou quelque chose comme ça, peut-être pour se donner de l'assurance, ou me lire ses formules d'absolution et d'exorcisme. Le directeur m'a dit qu'il désirait mieux me connaître, puis, sur un signe de la main au curé, il nous a laissés seuls, en tête-à-tête.

J'étais assis sur le rebord de mon lit. Je n'avais aucune raison de me lever et de le saluer. Il me laissait indifférent. Je lui ai montré la chaise près de la porte. Il l'a approchée de moi et a posé son livre sur la table. Nous nous sommes observés, j'avais l'impression qu'il lisait déjà dans mes pensées. Moi je n'avais rien à lui dire, j'ai donc attendu qu'il me parle en premier. Il m'a demandé, je l'aurais parié, si je croyais en Dieu, en général ils commencent toujours par ça, histoire d'engager la conversation et de se rassurer, comme s'il me demandait si j'étais vacciné contre la variole. J'ai haussé doucement les épaules, en lui disant que j'avais d'autres préoccupations pour le moment, et que de toute façon je n'avais plus guère de raison de croire encore en son Dieu, après ce qu'il m'avait fait, ou plutôt ce qu'il avait laissé faire, mourir une jeune fille innocente et pleine de vie et me faire accuser de sa mort. Je lui ai dit sans conviction que j'avais bien été baptisé (une imperceptible lueur dans ses yeux m'a confirmé qu'il en était heureux) et que ma mère aurait bien voulu que je devienne prêtre (là il a carrément souri à l'idée que nous aurions pu être confrères). Puis, plus sérieusement, il m'a parlé de la miséricorde divine, que je devais être courageux, que la mort n'était qu'un passage vers l'éternité – ça m'aurait presque fait rire. Son sermon terminé, il m'a proposé de me confesser.

J'ai éclaté de rire, puis je lui ai demandé avec un certain

humour dont je ne me serais pas cru capable en d'autres circonstances, si c'était la dernière pièce à verser à mon dossier et combien il toucherait pour ça.

Ça l'a vexé, et il a pâli. Je lui ai dit que je verrais bien le moment venu si j'avais besoin de Dieu ou non, mais qu'il était hors de question que je me confesse, j'avais la conscience tranquille car je n'avais pas tué Marie Beaumont. Je lui ai dit qu'il vaudrait mieux qu'il aille confesser les flics des Trois-Boulangers, le juge d'instruction, l'avocat général et même mon avocat incompétent, eux auraient des romans à lui raconter.

Je lui ai demandé ce qu'il était venu réellement faire ici. Il a eu un mouvement de surprise. Il voulait simplement parler avec moi, de mon passé, de mon métier, mieux me connaître, et établir entre nous deux un lien de confiance. Je me suis levé du rebord du lit, en lui disant que je ne faisais plus confiance à qui que ce soit, surtout pas en la justice, ni dans la religion ni en qui ou en quoi que ce soit.

Il m'a dit que si la justice des hommes m'avait condamné, Dieu, lui, me prendrait en pitié si j'acceptais de m'en remettre à lui, car quels que soient nos crimes et nos fautes, le jour de notre mort il nous accueille dans son paradis, comme, m'a-t-il dit, la petite Marie.

Là j'ai dû me retenir pour ne pas lui foutre mon poing sur la figure et le jeter hors de ma cellule si je l'avais pu.

En l'écoutant, j'avais l'impression d'entendre le vieux curé de mon enfance à Sarrelouis lors de ses sermons du dimanche, qui faisaient briller les yeux de ma mère. Mais l'aumônier qui était devant moi, avec ses certitudes plantées dans le crâne, je ne lui faisais aucune confiance.

Il a ouvert son livre et m'a proposé de me lire une lettre de saint Paul pendant sa captivité chez les Romains, mais j'ai senti où il voulait m'embarquer, alors je lui ai dit non et je lui ai demandé de me ficher la paix, de passer son chemin sans se retourner et de ne plus revenir, je me débrouillerais tout seul avec son Dieu, du moins avec ce qui me restait de lui.

Alors il a fait signe au gardien derrière la porte que l'entretien était terminé.

Avant qu'il sorte, je lui ai demandé quel jour on était. Il m'a répondu que demain c'était le 1er septembre.

Cela faisait cinq mois que j'étais dans ma cage.

———

Ce matin, j'ai fait avertir le directeur, par l'intermédiaire d'un des gardes, de ne plus m'envoyer ce curé, ce serait peine perdue. Ni lui ni un autre.

Je veux rester seul au fond de mon labyrinthe, toutes entrées closes, perdu et seul à l'intérieur de moi-même, enterré vivant.

Il ne me reste plus que toi, Marie. Tu es toujours dans mon esprit, vivante, surtout quand je t'écris, comme la lettre qu'ils ont trafiquée et dont ils veulent faire la preuve de ma culpabilité.

Voilà comment ça s'est passé, cette histoire de la lettre. Deux autres flics sont entrés dans le bureau du commissaire. L'équipe était maintenant au grand complet, c'était la mobilisation générale, et je ne pesais pas lourd devant cette horde que semblait maintenant mener l'ignoble inspecteur Corbino. Il avait comme on dit la tête de l'emploi, des yeux noirs et petits coincés au fond des orbites, qui depuis ce matin dans mon appartement me regardaient avec une haine que je ne m'expliquais pas, comme si ce type voulait régler une vendetta remontant à plusieurs générations. Dans sa manière de me tendre le gobelet d'eau, il n'y avait aucune humanité, aucune pitié, et son regard en me le donnant signifiait qu'il ne faisait qu'obéir à contrecœur à un ordre de son maître. Je me suis dit que cet individu n'avait rien à faire dans la police. J'ai été sur le point de lui jeter le gobelet au visage avec ma main libre.

Au bout de quelques minutes, j'avais repris mes esprits, mais j'étais conscient d'avoir franchi un pas de plus dans ma déchéance. Ils m'ont remis assis, sans prendre de gants, et m'ont menotté les mains dans le dos. Je souffrais de partout, le dos cassé, les membres brisés.

J'ai répété, calmement et en détachant bien les mots, que j'avais bien écrit cette lettre, mais que les deux cœurs ce n'était pas moi, que ça ne pouvait pas être moi. (Prouve-le ! a hurlé Corbino). Que ma seule relation avec toi, Marie, était celle d'un professeur qui n'a qu'une ambition, voir ses élèves progresser, les encourager, surtout ceux qui en ont le plus besoin, et que tu m'avais semblé sur ce plan-là en totale perdition. Je voulais te faire aimer la littérature et découvrir des auteurs que tu ne connaissais pas. Mais cela, étaient-ils capables de le comprendre ? Je me suis dit que c'était peine perdue.

Le commissaire, le visage cramoisi, m'a fusillé du regard et s'est levé d'un bond en me montrant du doigt le bas de la lettre :

- Je m'en tiens au fait, et là, sous ton nom, regarde bien, deux cœurs entrelacés avec vos deux initiales ! Tu as signé ton crime, Dietrich ! Tu me crois idiot ou quoi ? On a retrouvé cette lettre près du cadavre de Marie Beaumont. Elle était déchirée en plusieurs morceaux, on l'a recollée, et je peux te dire que le dessin il y était bien, ce n'est pas une invention, il n'est pas arrivé là par la grâce du Saint-Esprit, tout de même, non ? Ou alors, si tu crois qu'on l'a rajouté après coup exprès pour t'accuser, il faut vraiment que tu sois fêlé !

Je lui ai répondu que je ne le mettais pas en cause, ni aucun de ses collègues, mais que ce dessin ce n'était pas moi, qu'ils demandent l'avis d'un graphologue assermenté, qui pourrait comparer les initiales des deux prénoms avec mon écriture.

Je savais parfaitement que cela ne changerait rien à ses certitudes et que, contre le mur d'acier de sa conviction, je ne pouvais plus que me fracasser.

- Je vous le jure sur *l'honneur*, monsieur le commissaire : je n'ai pas tué Marie Beaumont ! Oui, sur mon *honneur* !

Là il m'a dit, d'un ton menaçant, de ne pas jurer sur quelque chose que je ne possédais pas et dont j'ignorais le sens. Je n'ai pas répondu, cela n'aurait servi à rien d'autre qu'à m'engluer un peu plus, j'ai simplement encaissé le coup, un coup de plus, mais comme un animal blessé qui ne veut pas se rendre j'ai eu la force de leur opposer ce qui me paraissait être une possibilité :

- Et si l'assassin l'avait tracé lui-même, ce cœur, après

avoir tué Marie, pour m'accuser, avant de déchirer la lettre afin de simuler une dispute qui aurait ensuite mal tourné ? Et si c'était Marie Beaumont elle-même qui un jour l'aurait fait, en toute innocence ? Si ma lettre lui avait tourné la tête au point de s'imaginer des choses auxquelles pas un de mes cheveux n'aurait jamais osé penser ? Marie Beaumont était une élève que je voulais vraiment aider, mais rien de plus. C'était une gamine de dix-sept ans, une ado, à cet âge-là vous savez... Mais je n'y crois pas, car les choses étaient claires, et si elle s'était fait des idées, j'aurais mis les choses au point avec elle.

- Au contraire, espèce d'ordure, a crié Corbino, c'est toi qui lui as monté le bourrichon. Nous prends pas pour des débutants, encore moins pour des cons ! Tu vas cracher le morceau, oui ou merde ?

J'étais dans l'œil de la tornade. Je n'avais plus aucun argument, aucune autre explication à opposer, j'avais brûlé le peu de cartouches en ma possession. Tout craquait en moi et autour de moi, je me disloquais dans les engrenages acérés d'une machination diabolique. Mais je savais que ce n'était pas fini, que ce n'était encore que le hors-d'œuvre. Ils allaient faire le forcing, pousser la pression, n'attendant de ma bouche que cette phrase qui était leur raison d'être, peu importe les moyens d'y parvenir : *Oui, j'avoue, c'est moi qui ai violé et tué Marie Beaumont à la croix de Saint-Clément le lundi 2 mai à 14 heures.*

- Tu veux que je te rafraîchisse la mémoire ? a renchéri presque aussi violemment le commissaire. Il s'est mis à lire : « Nous avons fait *le premier pas* ! J'espère qu'il y en aura d'autres pour *nous rapprocher*. Si tu veux, *on peut continuer.* » C'est pas des avances, ça ? C'est de la littérature peut-être ? Je vais te dire, moi, ce qui s'est passé : la petite Marie, tu l'as embobinée par tes conseils de lecture, c'est le coup classique, elle a mordu à l'hameçon, tu lui as fourgué d'autres bouquins, peut-être que tu lui as envoyé d'autres lettres, si c'est le cas on va les trouver, et si elle t'en a écrit, on va retourner ton appart mais on les trouvera, je t'en fiche mon billet, quitte à le démolir et à le réduire en petits morceaux. Lundi tu l'as rejointe à la croix Saint-Clément, où tu lui avais donné rendez-vous en revenant de Nancy, tu lui avais demandé de sécher les cours pour pouvoir la retrouver là-haut, tu lui as fait des avances, elle s'est défendue, vous vous êtes engueulés, elle a déchiré ta lettre, avec le cœur et vos deux initiales, tu l'as étranglée et violée. Tu ferais mieux d'avouer !

Je sentais venir la fin. La fin de l'interrogatoire. La fin de tout et de moi.

———

Dans la solitude insoutenable de ma cellule, le souvenir des heures brutales de ces jours d'enfer me replonge régulièrement dans un état dépressif dont j'émerge parfois avant d'y replonger aussitôt, et que calment seulement ces heures que je passe à t'écrire.

Je n'existe plus qu'à travers le rythme des procédures, l'interpellation brutale, l'interrogatoire musclé et abrutissant, l'instruction désastreuse, la reconstitution humiliante, le procès expédié, la condamnation à mort logique. Chacune des étapes de ma chute m'a déshumanisé un peu plus et me prépare à l'abattoir.

Dehors, je sens l'automne. Mon avocat m'a dit la semaine dernière que mon dossier serait examiné bientôt en cassation, et qu'il était optimiste. Finalement, je crois que ça m'est complètement égal.

La seule compassion que je puisse encore attendre, c'est celle de l'un de mes gardiens. Tu ne peux pas savoir à quel point il est gentil avec moi, même si sa fonction lui interdit de l'exprimer trop directement. Il m'arrive de bavarder avec lui, pour me distraire il me parle de ses enfants (il a un fils en seconde à Fabert, qui lui a parlé de moi et lui demande de mes nouvelles), ou des derniers potins de la ville, mais il voit bien que je ne l'écoute pas, alors il me dit d'être courageux et confiant, on ne sait jamais, Giscard fera sûrement un geste. Puis il s'en va en baissant la tête, car il sait que je ne le crois pas.

Pour oublier, pour empêcher ma pensée de se dissoudre, je me suis décidé à demander au directeur si je pouvais disposer de quelques livres. Ils n'ont pas grand-chose, des romans de gare, quelques revues sans intérêt, des magazines sportifs, des recueils de mots croisés, mais ça me comble au moins un peu le temps, et ça me permettrait presque d'oublier ce que je fais ici et surtout ce qui m'attend dans un ou deux mois.

Je lui ai demandé s'il pouvait me procurer des livres sur l'histoire de Metz. Il m'a prêté quelques albums de monsieur Jean Morette, que l'on offre aux enfants qui ont participé au concours de Noël.

———

Les jours passent trop lentement, mais toujours trop vite aussi parce qu'ils me rapprochent de la mort. J'ai du mal à m'imaginer qu'autour de ma prison il y a une ville, une vie, des hommes et des femmes qui se lèvent chaque matin, qui travaillent, qui s'amusent, des garçons et des filles qui vont au lycée, des gens encore capables d'être heureux, qui s'aiment et font l'amour, qui vont au cinéma, au restaurant. Je ne suis déjà plus dans leur monde, je ne suis déjà plus vivant, et la conscience de cet état m'épouvante, plus que je ne crains la mort.

Seuls me relient à un semblant d'existence sous perfusion les mots que je te dis.

J'ai lu et relu les pages de mon journal. J'essaie de ne pas me demander si quelqu'un le lira quand… et si cela aura servi à quelque chose. Je ne l'écris pas comme des mémoires ou une confession, encore moins pour passer mes longues heures. T'écrire m'aide à ne pas t'oublier, et lorsque je le referme je suis plein de pensées et de regrets.

La répulsion que j'éprouve pour ceux qui m'ont mis là – ceux qui m'ont accusé, qui m'ont traîné dans la boue et, j'en suis sûr, ont mis en œuvre une machination démoniaque dont la dernière pièce du puzzle sera le couperet de la guillotine – m'inciterait presque à déchirer ces pages et à demander au gardien de les brûler. Elles ne changeront plus rien, puisque tu es morte et que je le serai bientôt. On n'écrit qu'aux vivants et si on l'est soi-même, non ? Mais c'est une promesse que je t'ai faite, j'irai jusqu'au bout.

Le matin où ils viendront me chercher, je t'aurai tout dit avant de te rejoindre dans ton paradis, en tout cas là où tu es. Quand ils nettoieront ma cellule, ils les trouveront, ils comprendront.

Alors l'aube sera ma victoire.

Me hante à chaque heure la mémoire de ce qui s'est passé ce premier jour, Marie, où, après m'avoir démoli et insulté, ils m'ont mis sous les yeux la lettre, *notre* lettre, retrouvée à côté de ton pauvre corps sali, et m'accusant d'avoir signé mon crime de deux petits cœurs. Je n'avais aucun moyen de prouver que ce n'était pas moi, et dans mon for intérieur je reste persuadé que c'est ton véritable assassin qui, dans un geste monstrueux, m'a désigné comme l'étant. J'ai appris le jour même de mon arrestation que c'est à peu près au moment où, revenant de Nancy, je passais sans le savoir non loin de toi, qu'il t'avait massacrée.

———

Combien de fois n'ai-je pas retourné dans ma tête le film de cette journée, ma matinée de formation à Nancy, ce collègue que j'avais déposé à Gorze, mon contrôle par les gendarmes, et ce cycliste que je n'ai pu doubler que peu avant le sommet de la côte, et que j'ai vu s'arrêter quelques secondes plus tard au bord de la route, et entrant ensuite dans un café pendant que les gendarmes tournaient autour de ma voiture. Il aurait pu croiser ton chemin, là dans ce bois maudit, et plus les jours passent plus je me persuade que c'est lui. Je leur ai dit, mais je ne sais même pas s'ils ont levé le petit doigt pour enquêter sur lui et tenter de le retrouver.

Ce premier jour de mon interrogatoire, ils m'ont passé à la

moulinette jusqu'à 18 heures, et, après le coup de la lettre, ça ne s'est pas bien passé.

Ils se sont acharnés à me faire craquer et à me pousser aux aveux. J'étais perché sur une ligne de crête où ils soufflaient du côté où ils voulaient me faire tomber, et je ne savais plus à quelle branche m'accrocher pour ne pas chuter. Les rafales de leurs questions et de leurs insultes me fouettaient le visage. Ils se relayaient sans me laisser de répit. Chacun de leurs assauts me tuait un peu plus, mais je refusais de passer de l'autre côté de la barrière. Je savais pourtant que c'était inéluctable, que je ne tiendrais plus longtemps, et qu'à ce rythme endiablé ils finiraient par emporter la mise.

L'histoire de la lettre et surtout des deux cœurs rouges m'avait totalement déstabilisé, et pour eux c'était la mère des preuves, la preuve absolue, il leur fallait me la planter dans le crâne pour que je leur dise que oui, c'est moi les deux cœurs, oui, j'ai tué Marie Beaumont. Mais j'ai trouvé quelques miettes de ressources pour leur dire ma certitude que ce dessin était un coup monté, et que même s'ils me tapaient dessus, je ne céderais pas à leur piège. Tout y est passé, des menaces de passage à tabac à la vieille recette éculée que des aveux complets et rapides me vaudraient une certaine mansuétude de la part du juge d'instruction, un bon avocat, circonstances atténuantes, indulgence des jurés.

Je n'ai pas cédé. Et ça, les flics ils n'aiment pas.

À un moment donné, le commissaire a crié à ses sbires qu'il en avait marre, qu'il rentrait chez lui, continuez sans moi, on avait perdu assez de temps avec ce saligaud, on n'y arriverait pas ce soir. Il leur a dit de me transférer à la prison juste à côté, en attendant la reprise de l'interrogatoire le lendemain matin.

Il est parti, et je suis resté seul face à Duroc et à Corbino. L'atmosphère dans le bureau était intenable, presque fétide, la fumée de leurs cigarettes, les canettes de bière vides, l'air vicié, les gueulantes et la haine. Je me sentais devenir une loque, je respirais mal, je crevais de soif. J'ai cru un instant que j'allais abandonner.

Et puis dans le fond de mon crâne bousillé, j'ai entendu une petite voix me dire que je ne devais pas capituler, que je devais tenir. C'était ta voix, Marie.

Alors je leur ai ri à la gueule. Ça ne leur a pas plu, et Rizio m'a giflé.

Alors ils m'ont emmené à la prison de la rue Maurice-Barrès, à deux rues du commissariat.

En prison, les nouvelles vont vite.

À peine enfermé, on sait qui vous êtes et pourquoi vous êtes là. La rumeur rampe et se glisse insidieusement d'une cellule à l'autre sous les portes et à travers les murs à la vitesse de l'éclair, introduite souvent par les flics eux-mêmes et propagée par un gardien ou un caïd de la maison. Elle fait partie de l'arsenal de l'abrutissement carcéral. J'étais enfermé depuis moins d'une heure que j'entendais fuser insultes et menaces à mon égard. On parlait de me faire la peau à la première promenade, on me traitait de prof suceur de sang, on me disait que la lame de la guillotine était déjà chez le rémouleur de la prison.

Deux gendarmes sont venus me chercher le lendemain matin, aux alentours de 8 heures. Malgré mon état d'épuisement, je n'avais presque pas fermé l'œil de la nuit, si l'on peut appeler de ce nom les heures hallucinantes et torturées qui ne m'ont apporté ni le repos du corps ni le relâchement de l'esprit. Mes pensées avaient fini par générer un maelström tempétueux dans lequel se dressaient ces hommes qui hier m'avaient anéanti.

L'un des deux gendarmes semblait avoir mon âge, il ne devait pas être dans la police depuis très longtemps. Il m'a demandé poliment si ça allait, si j'avais réussi à dormir, un peu de bienveillance qui m'a fait penser qu'il n'était pas à sa place dans un monde dont la journée d'hier m'avait montré l'absence totale de compassion et d'humanité. L'autre, genre vieux de la vieille et pète-sec, l'a rabroué en lui enjoignant vertement de ne pas adresser la parole à un assassin.

L'enquête allait se poursuivre de plus belle, dans des conditions certainement plus dures que la veille. Le flic antipathique m'a menotté, ils m'ont placé entre eux dans le panier à salade, qui m'attendait dans la cour de la prison, un agent en uniforme au volant. J'étais sonné, vidé, essoré, et j'avais à peine conscience de ce qui pouvait encore m'attendre au cours de cette deuxième journée d'interrogatoire, au terme de laquelle je retrouverais sans doute cette cellule, non comme suspect numéro un, ce que j'étais encore pour le moment, mais comme inculpé. Malgré ma volonté de tenir, je ne me faisais plus aucune illusion.

Je sentais au-dessus de ma pauvre tête claquer dangereusement les mâchoires de mon destin, prêtes à me broyer. Pour tenir le coup, pour éviter de sombrer trop vite dans le désespoir, dans l'abandon, et de devoir hisser le drapeau blanc de la reddition, je pensais à mes parents, là-bas à Trèves, qui avaient été si heureux de me revoir et de me savoir maintenant plus près de chez eux.

Je pensais à toi, Marie, qui avais illuminé les premiers mois de ma vie à Metz, à tous les livres que j'aurais pu te faire lire, je pensais à mes élèves, à ce lycée où je voulais leur enseigner la littérature et, qui sait ? leur donner le goût de l'écriture, et où je ne remettrais plus jamais les pieds, quoi qu'il arrive, même si on reconnaissait finalement mon innocence. Je pouvais aussi dire adieu à ma thèse, qui m'aurait peut-être offert un jour un poste en fac, à Metz ou à Nancy. Mais ces pensées devenaient pareilles à un sable brûlant qui s'écoulait entre mes doigts. Je t'avais perdue, Marie, je perdrais bientôt mes vieux parents, mon métier n'aurait plus aucun sens, je serais damné à tout jamais.

J'en arrive, en t'écrivant cela, à espérer que mon pourvoi soit rejeté, que ma grâce ne soit pas accordée. Je ne peux imaginer vivre le reste de mes jours dans une cellule aux portes d'un monde qui m'aura rejeté, que je rejette définitivement et sur lequel je crache ma haine absolue.

Ce monde médiocre et bien-pensant, avec ses juges, ses curés, ses politiques, ses requins.

Ce monde sans toi, Marie.

Alors autant mourir.

———

Les deux flics m'ont sorti du fourgon, sans prendre de pincettes. Dans la cour du commissariat, ma voiture était garée dans un coin, preuve que l'enquête allait se poursuivre et qu'ils ne lâcheraient rien : allaient-ils la faire parler sans ménagement elle aussi, allait-elle leur fournir une pièce à ajouter à leur puzzle, une trace compromettante ou suspecte, un objet accusateur, de la terre du chemin de Saint-Clément sur les pneus ? Après le coup des deux cœurs, ils étaient capables de tout pour m'accuser ou m'enfoncer. Je ne tarderais sans doute pas à le savoir, mais finalement peu m'importait désormais.

J'étais menotté mains devant, et l'un des deux agents me tenait fermement par le bras. J'avais du mal à suivre leur allure, au point que j'ai trébuché dans l'escalier. Le bureau avait meilleure allure, prêt pour un nouveau round. On avait largement aéré, et un semblant de ménage avait dû être fait tôt le matin. Ça sentait bon le monsieur Propre, et une odeur de lavande flottait dans l'air, me rappelant les jours heureux, ma salle de classe, les couloirs du lycée, la maison de mes parents...

Une cafetière traînait encore sur le bureau, à côté de la sinistre machine à écrire noire. Le commissaire Bourgeois, assis, tout net et bien sapé comme la veille, l'air d'avoir bien dormi, lisait son journal en sirotant ce qui restait au fond de sa tasse. Il a levé des yeux indifférents vers moi lorsque je suis entré.

- Tiens Dietrich, on parle de toi dans le journal, et en première page s'il-te-plaît !

Il m'a montré la une, en gros caractère noirs : « *Meurtre de Marie Beaumont : le monstre sur le point d'avouer* ». Et, en caractères plus petits : « *Le suspect : un Allemand, professeur du lycée Fabert* ».

Il a fait signe aux deux policiers de m'installer sur la chaise et de m'attacher. Le radiateur de fonte allait comme hier faire son office de pilori, et la chaise me tenir du mieux qu'elle pourrait. Puis il les a congédiés d'un geste sec leur signifiant qu'il n'avait plus besoin d'eux, et s'est installé devant la machine à écrire. Il a consciencieusement frappé quelques lignes, sans doute la date et une formule précisant que c'était le deuxième jour de l'interrogatoire de Dietrich Rainer, assassin présumé de Marie Beaumont. Puis il s'est tourné vers moi.

- Bon, Dietrich, j'espère que tu as bien réfléchi et que la nuit t'a porté conseil. Tu vas me faire le plaisir d'être coopératif. C'est donnant donnant. On est là tous les deux, on va discuter entre hommes, je sais que tu n'es pas un idiot, et tu t'es rendu compte hier que moi non plus. Ton affaire est très mal engagée. Je ne te cacherai pas que c'est une sale histoire, toute la ville en parle déjà, j'ai eu le préfet et le proviseur de Fabert au téléphone ce matin, les journalistes sont aux aguets, y compris ceux de la télé, et je n'ai pas l'intention d'y passer des heures et des jours, ça ne servirait à rien de t'obstiner. Si tu coopères, peut-être que le juge d'instruction se montrera... disons, pas trop méchant avec toi. Mais si tu persistes comme hier soir à faire l'imbécile, l'inspecteur Corbino et ses copains s'occuperont de toi pendant que j'irai siroter une bière au bistrot d'en face, en prenant tout mon temps – dois-je te faire un dessin ?

Au moins j'étais fixé. J'étais au centre de ce que l'on commençait à appeler « l'Affaire », l'affaire Marie Beaumont ou l'affaire Dietrich, et je n'avais aucun mal à imaginer les commentaires des médias, pour qui j'étais devenu l'ennemi public numéro un, ni les conversations des cafés du commerce où les bien-pensants siroteraient leur picon-bière ou leur petit noir en pariant déjà sur la sentence à venir. Après les affaires des dernières années, les partisans de la peine de mort allaient encore couler des jours heureux.

Ma peur était d'oublier ou de cesser de me convaincre que j'étais innocent, de me dire que, forcément, ils avaient raison, et que je devais reconnaître une culpabilité dont ils étaient persuadés. Cela aurait été si simple, cela aurait tout réglé. Et puis non, ils ne devaient pas gagner, de quel droit décideraient-ils ? Si je tenais encore le coup jusqu'à ce soir, ils relâcheraient la pression et orienteraient leur enquête dans une autre direction, peut-être vers le cycliste. Il me fallait faire face à la vague que je voyais déferler sur moi.

———

Le commissaire m'a longuement fixé, comme le maître qui regarde son chien en train de crever et qui se demande s'il ne vaudrait pas mieux le faire piquer. Il s'est levé, a fait les cent pas dans le bureau, les mains dans le dos, puis s'est dressé devant moi, l'air aux antipodes de la pitié. De sa main, il a brusquement levé mon menton vers lui et a approché son visage du mien. Ses yeux étaient chargés d'une sorte de haine froide.

- Écoute, mon gaillard, ma fille est en classe de première, comme l'était Marie Beaumont, à Georges-de-la-Tour. Ses profs, je les connais, des hommes et des femmes à qui on ne peut rien reprocher, jamais d'histoires, jamais de comportements douteux. J'imagine qu'à Fabert c'est pareil, sauf qu'eux ils ont laissé entrer le loup dans la bergerie, et le loup c'est toi. Pour moi, tu n'es qu'une espèce de salaud qui a buté une fille, une gamine qui ne demandait qu'à vivre, comme la mienne, et à qui je suis chargé de faire cracher ses aveux, alors ne me parle pas d'honneur et arrête de jurer. Je ne te ferai aucun cadeau.

Puis il a fait mine de se calmer :

- Tu me dis que les deux cœurs au bas de la lettre ce n'est pas toi : eh bien d'accord, ok, tu as sans doute raison, on n'en parle plus, on va oublier. C'est peut-être un de mes gars après tout, celui qui a trouvé la lettre à côté du corps mardi matin, qui a voulu faire le malin, peut-être Corbino, peut-être Duroc, qui sait, ou moi, tiens, pendant qu'on y est ? Oh, rien de plus simple pour faire accuser quelqu'un ! T'aurais été flic, peut-être que t'en aurais fait autant, toi qui es si futé avec tes diplômes de prof ! Mais crois-moi, tu auras du mal à convaincre le juge d'instruction et les jurés, même si t'as le meilleur avocat de Metz !

L'atmosphère de la pièce sentait la poudre, et je voyais se rapprocher à la vitesse de la lumière l'instant de la déflagration.

Le commissaire est retourné s'asseoir au bureau, s'est reversé une tasse de café qu'il a bu à petites gorgées en me fixant, comme s'il voulait lire dans mes pensées, puis il a tapé quelques lignes sur son rapport.

C'est à ce moment-là que le téléphone a sonné. J'ai sursauté. Il a décroché du tac au tac, et j'ai compris à sa manière de le saluer que c'était un adjudant, certainement un adjudant de gendarmerie, qui l'appelait. Rapidement j'ai eu la certitude qu'il s'agissait de mon affaire, car Bourgeois lui parlait en me regardant, disant que le type approchait des aveux, et j'ai senti peu à peu comme un fluide glacial couler dans mon dos avant de paralyser tous mes membres. Les flics, les gendarmes, les journaux, demain le juge d'instruction…

Je ne me souviens plus très bien de ses propos, il disait que j'étais un coriace, mais qu'ils avaient de quoi me faire craquer rapidement, et que son équipe était en train d'examiner ma voiture. Il lui a demandé si de leur côté il y avait du neuf.

Pendant qu'il parlait, j'essayais de faire le point et de ramasser le peu qu'il me restait de force, et dont, je le pressentais, j'allais avoir encore besoin comme de ma dernière cartouche. Je repensais aux questions qu'il m'avait posées la veille, en particulier à mon emploi du temps de lundi, le détour par Gorze et Ancy, le contrôle de gendarmerie, la contravention pour mes pneus, ce que j'avais fait durant l'après-midi. Je savais qu'il allait revenir à la charge, chercher à m'embrouiller et à me contredire. Avec le recul, je crois que ce type-là avait été formé par le KGB.

———

La conversation téléphonique semblait se terminer, car le commissaire a dit à son interlocuteur qu'il lui envoyait quelqu'un tout de suite. Il a raccroché, a ouvert la porte et a appelé un inspecteur, que je n'avais pas encore vu. Je me suis douté que quelque chose se préparait, et que j'allais prendre un nouveau coup dans l'estomac. Le flic est entré sans me regarder, et son chef lui a dit de se rendre immédiatement à la gendarmerie d'Ars, chez l'adjudant Nirven, qui lui remettrait un rapport à ramener sans tarder.

Bourgeois s'est remis à pianoter consciencieusement sur la machine à écrire. Au bout de quelques secondes, l'air satisfait, il a enlevé la feuille et l'a placée dans mon dossier. J'avais fini par ne plus y prêter attention.

Puis, à mon grand étonnement, il m'a proposé un café – Tu vois, je ne suis pas un monstre, m'a-t-il dit avec un sourire dont je n'ai pas réussi à interpréter le sens. Il m'a démenotté –pouvoir me frotter les poignets a été comme une béatitude– et m'a tendu la tasse, le café était presque froid mais cela n'avait plus d'importance, j'aurais bu n'importe quoi pour apaiser ma gorge en feu. Pendant que je buvais, il a remis une feuille de papier dans le tambour, puis s'est allumé une pipe.

- Allez, on reprend, m'a-t-il dit, avant de me remettre mon bracelet de fer. On va reparler de Marie Beaumont. Tu m'as dit, et tu l'as écrit dans ta lettre, qu'elle était imperméable à la littérature, et que son attitude en cours n'était pas des plus... des plus... aide-moi bon Dieu !

- Des plus conformes à ce qu'on peut attendre d'une élève de première, même de niveau moyen. Marie Beaumont n'était tout simplement pas à sa place en section littéraire, et non seulement elle en était consciente mais elle ne faisait rien pour se mettre au niveau de ses camarades, du moins au premier trimestre. Après Noël, elle a commencé à faire des efforts, à l'écrit comme à l'oral... elle semblait comme transfigurée.

- Et toi, donc, a-t-il ajouté d'un grand sourire narquois, tu t'es pris pour le prof héroïque qui allait arranger ça, bien sûr ! Le sauveur qui avait juré de l'arracher aux griffes de l'ignorance, avec en prime des mots doux ? Classique, j'en ai vu d'autres !

Je lui ai répondu que j'avais voulu simplement faire mon travail et que je l'aurais fait pour n'importe lequel de mes élèves, fille ou garçon, c'était ma mission, seuls comptaient pour moi leur réussite, l'éveil de leur curiosité et de leur esprit critique. Je lui ai dit que dans ma classe j'avais aidé d'autres élèves, à qui j'avais prêté des livres, je pouvais lui donner leurs noms, il pourrait vérifier…

Il a frappé violemment le bureau du plat de la main, comme si j'avais démoli le château de cartes de son argumentation :

- Sauf qu'elle tu l'as butée ! C'est à cause d'elle que t'es ici, pas à cause des autres ! Est-ce que tu leur as écrit des lettres, avec des petits cœurs ? Est-ce que tu en as fait monter d'autres dans ta bagnole à la sortie du lycée ? Est-ce que tu leur as parlé de « se rapprocher », de « faire un pas l'un vers l'autre » ?

Il a eu alors cette phrase dont jamais je ne l'aurais cru capable :

- Tu vois, Dietrich, j'ai décidé que c'est *TOI* l'assassin, jusqu'à ce que tu me prouves le contraire, mais ça tu ne le pourras jamais. C'est toi qui as tué Marie Beaumont, tu as tout prémédité le jour où tu as su que tu devais aller à Nancy ce matin-là, et tu finiras par me donner tous les détails. Je sais que j'ai raison. Et tu le sais aussi que j'ai raison. J'ai toujours raison, on ne me la fait pas. Aucun tueur ne m'a résisté, et c'est pas toi qui vas m'échapper !

La porte du bureau s'est brusquement ouverte. Un flic en uniforme s'est approché du commissaire et lui a murmuré à l'oreille quelque chose qui lui a semblé important. Bourgeois a demandé de faire venir deux agents pour me surveiller, avec ordre absolu de ne pas m'adresser la parole. De toute évidence, il y avait du nouveau.

Il paraissait médusé par ce qu'il venait d'apprendre, une information dont j'étais loin d'imaginer qu'elle allait encore m'engluer un peu plus dans les sables mouvants. Qu'allait-il encore me tomber dessus ?

Il est sorti de son bureau, mon dossier sous le bras. Un dossier encore maigre, mais qui, je le craignais, allait vite s'épaissir.

———

Ma pauvre Marie, cela fait presque une semaine que je ne t'ai pas écrit. Mon esprit vacille entre volonté et abattement, entre désir d'aller jusqu'au bout de mon récit et découragement face à son inutilité, à quoi bon ? Il m'arrive d'ouvrir, puis de refermer aussitôt mon paquet de feuilles. Pourtant je le sais : il faut que je continue, c'est ma dernière et seule raison de vivre, de ne pas sombrer, de ne pas devenir fou. T'écrire peut seul m'empêcher de couler. Ce sera le seul moyen de faire connaître la vérité.

Les jours, pendulaires et impassibles, passent devant moi dans leur inconsistance et leur indifférence, et arrive bientôt la fin de la sixième semaine de mon enfermement. Combien de temps encore entre ces murs sordides ? Chaque réveil me rapproche de celui de mon exécution, et chaque soir me fait plonger dans la nuit qui peut bien être et sera bientôt la dernière.

Mon gardien a beau me faire parfois la conversation, pendant mon repas ou le soir, je finis par ne plus l'entendre, même si je fais encore l'effort de l'écouter, peut-être par politesse, pour qu'il s'imagine qu'il m'est utile, mais dans ma tête je le fuis et je voudrais qu'il ne me parle plus, qu'il ne vienne plus, ni lui, ni mon avocat ni ce prêtre qui est déjà venu me parler de Dieu et de mon salut.

Il y a trois jours, un soir, ce brave gardien m'a dit avoir lu dans un magazine un article sur la fin prochaine de la peine de mort. Il semblait tout excité, comme s'il venait m'annoncer que j'étais gracié et qu'il tenait à être le premier à me le dire. Pour un peu, il m'aurait ouvert la porte en me disant que je pouvais sortir, que j'étais libre… L'article parlait d'une pétition qui avait déjà recueilli plusieurs milliers de signatures, d'un débat prochain au parlement, et qu'au gouvernement on en discutait ferme, il m'a parlé aussi d'un avocat, maître Robert Badinter, un type bien, qui se battait contre la peine de mort.

Je lui ai dit que je n'en croyais rien, que ça ne pouvait pas se faire du jour au lendemain, que la majorité des gens étaient encore pour la guillotine, la fameuse loi du talion, et que Giscard ne pouvait pas prendre le risque de chuter dans les sondages à cause de ça. Je crois que mon gardien voulait me remonter un peu le moral, mais à quoi bon ? Je finirai un de ces matins à l'aube dans la cour de ma prison, c'est certain, je n'ai plus d'illusions, alors tant pis, ou tant mieux. Mais s'il a raison, peut-être que je serai le dernier exécuté – au moins mon nom restera...

J'ai tout de même posé la question à mon avocat, qui est venu me rendre visite hier après-midi, pour savoir ce qu'il en pensait, il était sûrement mieux informé que le gardien. Il est persuadé que, si par malheur mon pourvoi était rejeté – on allait bientôt savoir – (« Je ne l'envisage pas une seule seconde, m'a-t-il dit, la main sur le cœur, ou alors je rends ma robe »), il obtiendrait à tous les coups la grâce de l'Élysée, mon dossier était défendable, pas assez de preuves absolues, depuis les assises l'atmosphère s'était apaisée. Il m'a dit ce que tous les avocats conseillent à leurs clients, garder confiance jusqu'au bout (ça veut dire quoi, jusqu'au bout ? Quand on est ligoté sur la planche?), rien n'est jamais joué. Je lui ai répondu que la confiance c'est un mot dont j'avais perdu la signification et que j'avais banni de mon vocabulaire, comme le mot *justice,* et que ma seule consolation était mon dialogue avec toi, Marie.

- Si cela vous fait du bien, m'a-t-il dit d'un ton presque paternel et en posant sa main sur mon épaule, ce qui m'a fait l'étrange sensation que bientôt ce serait celle du bourreau me saisissant. Pour le reste, laissez-moi faire, personne ne vous abandonne. Je ne tarderai pas à avoir une réponse de la chancellerie pour votre pourvoi.

Puis il est parti, au bout de vingt minutes. Comme d'habitude, il paraissait pressé de poursuivre la tournée de ses clients détenus ici, peut-être qu'après tout mon cas était devenu moins important que le leur – ce qu'après tout je pouvais comprendre, il avait sûrement mieux à faire désormais, il avait fini son boulot avec moi, ou presque. Moi aussi j'étais soulagé qu'il parte, moi aussi j'avais mieux à faire, désormais je ne me sens plus bien que seul. Je ne croyais pas en ses belles paroles, pas plus qu'en celles du prêtre, car mon sort ne dépendait plus de lui, et je le voyais mal parvenir à persuader le président de me gracier, car il l'avait refusé pour Ranucci l'année précédente, il devait refaire un exemple pour être sûr d'être réélu, et ça tombait sur moi.

Je me suis allongé sur mon lit. J'ai relu la lettre que mon père m'avait envoyée la semaine dernière, et que le directeur m'avait fait apporter au moment où je venais de refermer mon journal. Si j'avais poursuivi la mienne, au lieu de la déchirer, nos deux lettres se seraient croisées.

Il m'avait déjà écrit avant mon procès. Il me croyait alors innocent, et me promettait que je serais acquitté ou condamné à une peine légère. Il me disait que ma condamnation à mort était sans doute une erreur, et que les juges reviendraient en arrière, jusqu'au président de la République en personne, ce n'était pas possible autrement, et que s'il le fallait il irait le voir à Paris. Lui qui durant les derniers mois de la guerre avait connu l'enfer d'un camp de répression en Sarre, il ne pouvait pas s'imaginer que dans un pays libre et humaniste comme la France, trente ans plus tard, on puisse encore tuer un homme, comme sous la Révolution, de manière aussi barbare et sanglante, même si maintenant on faisait cela en toute discrétion à l'intérieur de la prison et non plus en public, devant la porte. Il me disait que tous les matins ma mère allait à la messe de 7 heures et y brûlait un cierge pour que la Sainte Vierge me prenne en pitié et intercède pour moi auprès de son Fils.

Je ne sais pas si mes parents pourront survivre à ma mort, ou alors ils sombreront dans la folie.

La nuit tombe, Marie, mes yeux se ferment. Demain j'aurai encore des choses terribles à te dire.

———

Le commissaire Bourgeois, qui venait d'apprendre quelque chose de sans doute important, a quitté la pièce, pour une raison que bien sûr j'ignorais mais qui ne pouvait qu'être liée à mon affaire.

Dans le couloir et dans l'un des bureaux adjacents, j'ai entendu un remue-ménage, comme si quelqu'un donnait des coups de pied dans un meuble, les cris désespérés d'un homme, entrecoupés d'appels au calme, puis plus rien que la voix du commissaire et les sanglots de cet homme. Je n'avais aucun mal à deviner qui était celui qui se trouvait là, et sa présence signifiait l'arrivée d'une nouvelle tempête qui allait m'essorer davantage. Mais j'étais loin de me douter de ce que le commissaire Bourgeois allait apporter en revenant.

Il est réapparu une heure plus tard, le visage blême. Il a demandé aux gardiens s'il n'y avait pas eu de problème. Ils ont fait bêtement non de la tête, l'ont salué mécaniquement en chœur, comme deux automates bien réglés, et sont sortis, comme fiers d'avoir rempli consciencieusement leur mission au service de la vérité et de la justice.

J'étais complètement abattu et ankylosé, je ne sentais plus

ma main menottée, que j'essayais de masser du mieux que je pouvais avec l'autre, guère plus vaillante. Il faisait une chaleur presque tropicale dans la pièce, je transpirais de partout, cuisant à l'étouffé dans mon jus. Ma langue me collait au palais, ma gorge était sèche et brûlante comme une rocaille dans le désert. J'avais demandé un verre d'eau aux plantons, mais comme ils avaient reçu l'ordre de ne pas s'occuper de moi, j'en ai été pour mes frais.

En deux jours, j'étais devenu une loque, je me sentais me dégrader à vue d'œil et plonger peu à peu dans cette indifférence qui vous rend amorphe et insensible à tous les coups. Si l'on avait fait défiler mes élèves devant moi, aucun ne m'aurait reconnu, ils auraient détourné la tête ou m'auraient craché au visage.

J'étais vraiment dans de sales draps, et je ne voyais pas d'issue. La lettre et le cœur, je pouvais les oublier, et ce n'était même plus la peine d'essayer de convaincre Bourgeois, pour lui l'affaire était entendue, autant s'acharner à enfoncer une allumette dans un bloc de marbre. Au mieux, peut-être avait-il compris pour le moment que ma relation avec toi n'avait pas été plus loin que notre conversation dans ma voiture, qu'il n'y avait pas eu d'autre lettre – ce qui était vrai – mais je le sentais capable, lui et ses janissaires, de prouver le contraire par n'importe quel moyen, y compris en falsifiant le moindre témoignage afin de peaufiner une preuve contre moi. Le filet dans lequel je me débattais ne me semblait comporter aucune issue de secours possible.

C'est au moment où je me disais cela qu'il est rentré dans le bureau, suivi quelques secondes plus tard de Corbino et de deux autres flics, ce qui n'était pas bon signe et me laissait présager l'arrivée d'un élément nouveau dans leur enquête. Ils avaient l'air sûr d'eux, et leur allure déterminée et déjà triomphante de conquérants m'a donné le sentiment que j'allais devoir encore affronter un énième ouragan. Je sentais arriver l'heure où j'allais forcément craquer, m'allonger, me mettre à table comme ils disent.

Le commissaire tenait à la main un carnet à spirale, assez épais, genre cahier de textes scolaire, avec une couverture vert bouteille. Sur l'étiquette, que j'ai réussie à déchiffrer à l'envers, était écrit en belles lettres noires le mot *Journal*.

- Dietrich, je t'annonce une nouvelle qui va te faire plaisir ! Le père de Marie Beaumont vient de m'apporter quelque chose pour toi ! Je ne te dis pas dans quel état il se trouve, il est effondré tu t'en doutes, c'est pas beau à voir un gradé en uniforme qui chiale comme un gosse, Marie était sa fille unique, mes gars ont dû s'y mettre à trois pour le retenir de venir te faire la peau et de casser la baraque. Mais ce n'est pas que pour ça qu'il est venu : il m'a remis le journal intime de sa fille, qu'il a découvert hier soir dans le tiroir de sa table de nuit. Il a vite compris, je ne te fais pas un dessin, même s'il n'a pas eu le courage de le lire jusqu'au bout, la première page lui a suffi. Alors si tu veux, on va le lire ensemble, et tu vas me dire ce que tu en penses !

Et, se tournant vers l'un des flics :

- Marcel, enlève-lui ses breloques et file-lui un verre d'eau, il va en avoir besoin. Et toi, Rizio ouvre-moi cette putain de fenêtre, ça sent le fauve ici !

Je ne connaissais pas ton père, Marie, sauf de vue, et

encore de loin durant à peine dix secondes, le soir où il est venu te chercher devant le lycée. Je n'avais rencontré que ta mère, lors de la réunion parents-profs, deux semaines avant les vacances de Noël.

Ce soir-là, je m'en souviens, de nombreux parents faisaient la queue dans le couloir devant ma salle de classe, certains avec leur fils ou leur fille, d'autres seuls, certains en couple.

Tu étais là avec ta mère, et vous êtes entrées les dernières dans ma salle de classe. J'avais craint que tu ne viennes pas, car tu savais que je n'allais pas te tresser une couronne de lauriers. Il était 18 heures passées. Tu m'as présenté ta mère. Elle semblait s'être mise sur son trente-et-un pour la circonstance, comme si elle était venue me voir avant d'aller à l'opéra ou à une garden-party. Elle me regardait avec une certaine condescendance, un peu comme ton père, qui, s'est -elle empressée de me dire, était en ce moment-même à un cocktail au palais du gouverneur de Metz avec le préfet, le maire et tous les chapeaux à plumes de la ville, et que malheureusement elle n'avait pu l'accompagner à cause de cette réunion au lycée qui tombait vraiment mal, elle avait hésité à venir. Bien entendu je n'ai pas relevé, mais j'ai pensé que, vu tes difficultés, tes deux parents auraient pu être là, ils ne devaient pas en être à une mondanité près.

Sans doute s'attendait-elle à ce que je t'élève sur un piédestal, comme la plupart des parents venant à ce genre de rencontres et qui, étant donné la réputation quelque peu élitiste de Fabert, le confondaient avec Polytechnique ou l'ENS et sortaient souvent déçus par leur progéniture ou en colère contre ces profs qui ne les comprenaient pas. Je lui ai expliqué, notes à l'appui, que tu ne travaillais pas assez, que tu manquais de motivation et de régularité, que tu devrais te mettre à lire, et que tu n'avais en aucun cas le profil d'une élève de classe littéraire. Cette remarque ne t'a pas fait ciller, mais elle a calcifié le visage de ta mère, qui est passé du rouge carmin au blanc sépulcral. Elle m'a demandé comment j'osais dire cela de toi, et qu'elle te connaissait mieux que quiconque, à commencer par ses professeurs. Pour un peu elle m'aurait donné des conseils de pédagogie, avant de me faire remarquer que je me croyais encore en collège.

Elle m'a même dit que tu aurais pu être une grande artiste, avec tes découpages et tes collages dont certains avaient été exposés dans une galerie. Je lui ai dit qu'elle devait en parler au professeur d'art plastique.

Puis elle s'est levée en me disant d'un air pincé que j'avais de la chance que son mari ait été retenu par ses obligations officielles, sinon j'en aurais pris pour mon grade. Je lui ai répondu avec un léger sourire que je n'en doutais pas le moins du monde, qu'il pouvait toujours prendre un rendez-vous avec moi, et que je comprenais qu'une réception mondaine puisse passer avant un dialogue constructif avec les professeurs de sa fille. Tu t'es levée à ton tour et tu m'as souri en haussant les épaules, comme pour me dire qu'il ne fallait même pas chercher à comprendre.

Ce souvenir de toi, Marie, dans la situation accablante où je me trouvais, est un point de lumière dans ma nuit noire et sauvage...

———

La voix dure et tranchante du commissaire a soudain brisé mes pensées pour me ramener à mon état d'assassin encore présumé, entre garde à vue et inculpation officielle.

J'étais assis face au bureau où il trônait, encadré de son état-major au garde-à-vous, prêt à bondir sur moi. Il feuilletait depuis cinq bonnes minutes ton carnet, de façon un peu désordonnée, s'arrêtant brièvement par-ci, par-là, sautant des pages, revenant en arrière, comme quelqu'un qui veut trouver le nom du coupable avant d'avoir compris l'intrigue, ou impatient de mettre le doigt sur la preuve tapie entre les lignes, au détour d'une phrase. De temps à autre il notait quelque chose sur une feuille. J'attendais, inquiet et curieux de savoir si tu y avais parlé de moi, apportant sans le vouloir de l'eau à son moulin, ou si au contraire tu m'avais ignoré – et j'étais prêt à bénir le ciel pour cela.

Il s'est levé, laissant à l'un des deux flics le pilotage de la machine à écrire, a retourné une chaise et s'est assis face à moi, derrière les barreaux comme à son habitude.

- Étais-tu au courant de l'existence de ce journal ?

J'ai eu l'impression, au ton quasi solennel de sa voix, qu'il me demandait si j'avais connaissance du code nucléaire de l'Élysée ou des secrets du Vatican. J'ai haussé les épaules et hoché négativement la tête. J'étais trop fatigué et anéanti pour me lancer avec lui dans un débat sur la confidentialité des journaux secrets des adolescentes. J'ai tout de même eu la ressource de lui dire :

- Bien sûr que non, monsieur le commissaire ! Comment voulez-vous que je le sache ? Je vous le répète, je n'ai *jamais* été le confident de mademoiselle Beaumont ni de personne d'autre. Sa vie privée et ses états d'âme ne me concernent pas et surtout ne me regardent pas. Arrêtez de faire une fixation, combien de fois devrai-je vous dire qu'elle n'était *que* mon élève, une élève que l'on m'avait confiée pour l'aider à progresser et si possible à réussir !

Sans doute, bien sûr, n'était-ce pas la réponse qu'il attendait, et son visage, l'espace d'une seconde, a traduit un certain agacement mêlé de déception. Puis il est vite revenu à la charge, sabre au clair et sa botte secrète à la main, en me disant que tu avais cité mon nom dès les premières lignes de ton journal, dont tu avais entamé la rédaction le soir même de la rentrée des classes. L'air presque satisfait de me l'apprendre, il m'a lu le passage où, dans la liste de tes nouveaux professeurs, tu parlais de *Monsieur Dietrich* : mon style, mon accent allemand qui avait étonné et fait sourire tout le monde, que tu m'avais trouvé « pas trop moche » – ce qui a fait éclater cyniquement de rire les autres flics autour de moi.

Le commissaire a tourné lentement quelques pages, avant de tomber sur de nouvelles allusions, ma tenue vestimentaire, mon sens de l'humour, mes tics de prof (tu avais remarqué que je commençais souvent mes phrases par « donc, si vous voulez... »). Jusqu'à ce fameux soir où tu étais restée avec moi dans ma voiture en attendant ton père, et où tu avais écrit que tu n'oublierais jamais notre conversation, que ton cœur s'était mis à battre un peu plus fort, et que tu espérais qu'un jour je te ramènerais chez toi, dans ta maison de Dornot. J'ai dit au commissaire que j'étais très étonné, car de cela il n'avait jamais été question. Il m'a répondu que mon avis ne comptait pas, et qu'il ne retenait que ce qu'avait écrit mademoiselle Beaumont, qui ne lui semblait pas la dernière des idiotes. Évidemment, j'aurais mille fois préféré, Marie, que tu ne te confies pas à ce point... mais comment aurais-tu pu savoir ?

Avec un sourire carnassier et complice à l'adresse de ses collègues, il leur a dit que ça devenait intéressant, et qu'il allait décortiquer tout cela à la loupe. Il m'a demandé ce que je pensais de cette entrée en matière.

Je lui ai répondu avec sarcasme que bien sûr c'était-là effectivement une preuve irréfutable à verser à un dossier qui ne tenait pas la route. Il n'a pas apprécié, et m'a conseillé de ne pas faire le malin. Je savais quant à moi que je n'avais rien à redouter, car avec toi, Marie ça s'était arrêté là...

À moins que, comme avec les deux cœurs croisés au bas de ma lettre, ils n'inventent une nouvelle machination. Je leur faisais confiance pour cela.

———

On est déjà au début d'octobre.

L'automne ne m'a jamais réussi. Lorsque j'étais enfant, j'avais souvent des angoisses, j'étais fréquemment sujet à des cauchemars ou à des terreurs nocturnes, qui disparaissaient dès qu'à la fin de l'hiver les jours s'allongeaient. Dans ma cellule, loin de la lumière, du ciel et du soleil, ces sensations reviennent me terrifier et ajouter à mes peurs.

Une sorte d'effroi, dont j'ignore s'il s'agit de détresse ou d'appréhension, me dévore chaque jour un peu plus, car je vois se rapprocher le dernier d'entre eux, sans savoir quand il se lèvera. Tout est loin de moi, tout s'éloigne de ma vie d'avant, mes repères s'évanouissent les uns après les autres, comme des dominos tombant les uns sur les autres jusqu'à la chute finale. Comment pourrais-je encore me reconnaître au milieu des décombres de ma vie ?

Plus les journées passent, Marie, plus mes souvenirs heureux, ceux d'avant ta mort, s'embrouillent. Les visages que j'ai connus ne sont plus que des halos nébuleux, des dessins aux traits vagues, surmontant des silhouettes étranges et des formes presque baroques ; des êtres aux contours imparfaits, aux gestes lents et imprécis, comme si le temps de mon enfermement en avait escamoté les traits, grippé les mécanismes, cassé les voix. Parfois, lorsque je ferme les yeux dans le noir, sur l'écran de mes yeux clos s'anime un mauvais film en noir et blanc, des images saccadées, crachées par une vieille bobine qui tourne lentement, avant que peu à peu se reprécisent les traits, se lissent les mouvements, s'harmonisent les voix.

Parfois apparaît au milieu de ce cauchemar, nette et sombre celle-là, l'image du Crucifié dominant la salle où l'on m'a jugé, ou celle, terrifiante, du squelette décharné, mort-vivant, de l'église de Bar-le-Duc que j'avais visitée un jour et qui m'avait hanté pendant plusieurs nuits.

Je sombre dans la folie du condamné à mort. La mort… Elle joue avec mes nerfs, déployant ses ailes au-dessus de moi, riant de mon angoisse et imprégnant mes sens de sa présence froide, elle sait intelligemment se faire oublier pour me rendre espoir avant de revenir me dire qu'elle se prépare à m'engloutir. Certains soirs, avant de m'endormir, l'ombre de la guillotine et le brillant de la lame de fer viennent se fixer sur mes yeux grands ouverts. Je n'ai même pas la ressource de prier, n'attendant que l'exténuation de mon corps et de mon âme.

Hier je ne t'ai pas écrit, Marie, et je m'en veux presque, peut-être ai-je peur que de là-haut tu ne m'oublies, toi aussi. Ne pas me confier à toi me semble une journée vide, une journée perdue. J'avais besoin de me remettre en ordre, d'oublier au moins pour quelques heures celles terribles que j'avais vécues dans ce bureau de flic, sous les coups du commissaire et de ses acolytes qui voulaient absolument que je t'aie massacrée.

Alors, pour apaiser un peu mon esprit et penser à autre chose qu'à mes quatre murs, j'ai demandé à mon gardien de m'apporter deux ou trois bouquins, des romans, si possible. Il m'a dit qu'il n'y connaissait pas grand-chose, je lui ai dit n'importe quoi sauf des polars, il a répondu qu'il comprenait bien sûr. Il est revenu au bout d'une heure avec un roman d'espionnage et un livre illustré sur les derniers Jeux olympiques, ceux de Montréal l'an dernier. Il m'a aussi apporté quelques journaux de la semaine passée, que j'ai feuilletés rapidement. On y parlait de la mort de l'acteur américain Bing Crosby, du Concorde qui avait atterri à New-York, de la fameuse bande à Baader en Allemagne. Mais tout cela me dépassait, plus rien ne pouvait m'intéresser, moi qui il y a quelque temps encore décortiquais *Le Monde* et des tas de revues, et qui dévorais les derniers romans.

Je t'avais donné le goût de la lecture, Marie, et voilà que ta mort, en attendant la mienne, venait de m'en priver.

———

Ce soir, 16 octobre, maître Bloch est venu m'annoncer que mon pourvoi en cassation venait d'être rejeté.

J'avais toujours un vague espoir que la justice finirait par reconnaître une erreur de procédure, un vice de forme ou l'extrême sévérité de la cour d'assises de Metz dans une atmosphère qui avait été tout sauf sereine. Non, ils ont validé.

J'espérais au fond de moi que maître Bloch parviendrait à apporter des éléments en ma faveur, et que le manque de preuves absolues aboutirait à une forme de clémence. Il m'a dit qu'il avait fait valoir la négligence dans l'interrogatoire du cycliste, et la légèreté avec laquelle les plaintes de plusieurs élèves du lycée, victimes de pressions des enquêteurs, avaient été traitées. Il a essayé de faire valoir aussi l'atmosphère de haine, entretenue par la presse. La délibération avait duré plus d'une heure, mais la cour avait rejeté mon pourvoi ainsi que la possibilité d'un nouveau procès ailleurs qu'à Metz.

Je lui ai répondu que tout cela était logique, et que je ne m'attendais pas à de la pitié. J'en étais arrivé à un point où seule la mort pouvait me délivrer, et que j'avais maintenant hâte d'en finir, que je voulais rejoindre Marie.

———

Cette nuit j'ai rêvé de toi ma pauvre Marie, et du pauvre de moi.

Du songe inattendu, inespéré, improbable, ne me reste rien qu'une ombre fugace et spectrale, mais tellement lumineuse, à laquelle je me raccroche comme on retient désespérément son dernier lambeau de vie, et dont je m'imprime depuis qu'elle m'a tiré à l'aube de cette nouvelle nuit de détention.

Je te voyais assise sur un banc au pied du Temple Neuf, au bout de la place de la Comédie, à cinq minutes du lycée. Je m'arrêtais parfois sur le même banc, juste au-dessus du petit bras de la Moselle d'où l'on voyait se dresser la vieille cathédrale dans toute sa puissante majesté. Parfois, attiré par vos bruits de joyeux potaches, je vous regardais traverser le pont avant de vous engouffrer dans le petit bistrot à l'angle de la rue.

Là, dans ce rêve carcéral, tu lisais un livre. Je te voyais mais toi tu ne pouvais pas me voir. Je me suis approché de toi, tu as levé les yeux vers l'invisible que j'étais, avant de disparaître. Seul restait le livre, dont l'auteur était moi et le titre celui de ma thèse. Alors je me suis éveillé.

Ta présence retrouvée, même si ténue, si vaporeuse, me rend le courage de reprendre mon écriture, là où j'en étais resté du deuxième jour de mon interrogatoire

———

J'étais au bout du bout de mes forces. L'acharnement forcené de Bourgeois et de son équipage ne me laissait plus de doute sur leurs intentions malfaisantes, avec la conviction que je ne leur échapperais pas et que je finirais inévitablement par leur céder. Ils allaient y arriver, cela ne faisait aucun doute, c'était simplement une question d'heures. Le poison qu'ils avaient commencé à m'injecter hier me paralysait, et je serais bientôt à leur merci.

J'étais face à l'inquisition, face à des gens aux pleins pouvoirs, qui n'avaient de comptes à rendre à personne, pas même à leur propre conscience, qui pouvaient faire de moi ce que bon leur semblait, comme si j'étais un jouet à briser ou à démonter rien que pour le plaisir sadique de le rendre bancal et inutilisable. Je m'attendais à ce qu'ils fabriquent de nouvelles pièces, d'autres témoignages, d'autres éléments à charge, qu'ils convoquent des témoins, sans savoir d'où ils pourraient les sortir mais qu'ils les trouveraient pour me confondre.

Me revenait sans cesse cette phrase que Bourgeois me balançait régulièrement : « Tu sais que je sais, et tu sais que j'ai raison ».

Le pire, c'est que je commençais à douter de moi, sentant comme s'ébrécher mes certitudes. Aurais-je oublié quelque chose ? Étais-je si sûr que ma mémoire ne m'avait pas trahi, qu'elle n'avait pas laissé s'échapper une heure ou deux de ma journée de lundi ?

Et si c'était moi...

Oui, cela aurait pu être moi...

Toujours menotté et collé à ma chaise, la tête comme une coque vide, abruti de fatigue et de désespoir, je voyais les trois flics s'affairer autour de moi comme si j'étais un animal de compagnie qu'ils pouvaient laisser crever là. Bourgeois n'arrêtait pas de tourner les pages de ton journal intime dans tous les sens, sans respect pour tes confidences, fouinant comme un rat avide de tomber sur ce qu'il cherchait. Cette forme de voyeurisme le rendait pitoyable.

J'entendais la voix rêche de l'inspecteur Duroc au

téléphone, qui me semblait parler avec le principal du collège Taison, lui demandant d'un ton sec et autoritaire si l'un de ses professeurs de français avait bien participé à un stage de formation à Nancy lundi dernier, et s'il pouvait lui demander de rappeler d'urgence le commissariat central de Metz. Cela m'a un peu rassuré, c'était la preuve qu'ils n'avaient pas balayé complètement mon alibi, et que mon collègue confirmerait mes dires – mais même si c'était le cas, cela me disculperait-il pour autant ?

Groggy et désespéré, l'esprit dans une totale confusion, je n'étais plus sûr de rien : était-ce bien lui que j'avais ramené dans ma voiture ce jour-là ? N'était-ce pas un autre, ou alors un autre jour, lors d'un autre stage à Nancy ? Et si j'étais repassé par Gorze pour une autre raison, qui m'aurait conduit jusqu'au bois de Saint-Clément ? Je ne me souvenais même pas du nom de ce collègue. En fait, je ne croyais plus que ce type pourrait me sauver, peut-être même qu'il voulait rester en dehors de tout ça.

Le seul espoir qui me restait était ce mystérieux cycliste, aperçu, ou que j'avais cru apercevoir au sommet de la route puis entrant dans ce café d'Ancy, qui aurait pu être sur les lieux où l'on m'accusait d'avoir commis ce crime, mais le retrouverait-on ? Et voulaient-ils vraiment l'identifier, maintenant qu'ils étaient sur le point d'obtenir mes aveux ?

Et puis je me suis dit qu'au fond je m'en fichais puisque je m'enfonçais dans un marécage où personne ne viendrait me chercher.

Brusquement, le commissaire s'est levé, l'air triomphant, et s'est rapproché de moi, ton carnet à la main. Il m'a dit que j'avais menti, que je connaissais bien l'existence de la croix Saint-Clément, contrairement à ce que je lui avais dit.

Il m'a lu un passage, daté si je me souviens bien du début du mois de mars, où tu parlais d'un devoir que j'avais rendu et dans lequel je vous avais demandé de décrire un lieu de promenade à Metz ou dans les environs, en vous mettant à la place d'un écrivain de votre choix. Il me semble me souvenir que Julien Roussel avait parlé de Madame de Staël visitant la cathédrale, et que ton amie Véronique avait campé Rabelais déambulant de la place Saint-Louis à la colline Sainte-Croix.

———

Toi, Marie, tu avais imaginé Verlaine se baladant dans ce bois que tu connaissais bien, pas loin de chez toi, et s'arrêtant devant la croix de pierre au cœur de la forêt pour y écrire un poème. Ton devoir n'avait pas été génial, mais il m'avait amusé et plu, et j'avais aimé ce lieu un peu mystérieux que tu avais décrit d'une manière simple, un tantinet romantique, qui me donnait envie de le découvrir. C'est vrai, je m'en souviens maintenant, qu'en te rendant ta copie je t'avais dit que j'aimerais bien le découvrir et que tu pourrais servir de guide à la classe. Tu m'avais répondu : « *Chiche, monsieur, on pourrait y aller une fois avec la prof d'histoire, on ferait un pique-nique !* » Les autres avaient trouvé l'idée géniale. Et tu l'avais écrit dans ton journal, et Bourgeois était tombé dessus, et il triomphait.

Évidemment, il s'est jeté avec la voracité d'un prédateur sur cette révélation, sans doute fondamentale à ses yeux, comme s'il venait de découvrir la quadrature du cercle. Il m'a demandé si j'avais donné suite à ta proposition. J'en avais effectivement parlé à votre professeur d'histoire, mademoiselle Lasard, qui connaissait bien la région et l'histoire de saint Clément, et nous avions prévu d'organiser cette sortie au début du mois de juin, juste après le bac de français. Et puis…

Poussant plus loin son avantage inespéré, il s'est mis dans la tête de me faire avouer que nous y avions fixé notre rendez-vous tous les deux lundi, 2 mai, à 14 heures et que, revenant de Nancy, je t'avais retrouvée là-haut, entre 13 heures 30 et 14 heures, cela lui semblait d'une implacable évidence. Et il a fait ce que font tous les flics lorsqu'ils ont acquis leur conviction et qu'ils veulent faire cracher les aveux : ils campent la scène et imaginent les circonstances du crime : Tu t'es assis à côté d'elle, tu as voulu la prendre dans tes bras, tu as commencé à la peloter, elle t'a repoussé, vous vous êtes engueulés, elle a déchiré ta lettre, alors tu l'as assommée avec une branche, tu l'as violée et comme elle résistait tu l'as étranglée. Avoue, Dietrich !

J'étais épouvanté qu'une telle hypothèse meurtrière ait pu germer dans son esprit, et certain qu'il allait s'y accrocher comme une sangsue sur ma peau. Il s'est rapproché plus près de moi, son visage touchait presque le mien. Corbino m'a pris par les épaules et s'est mis à me secouer en me hurlant que cette fois-ci j'étais cuit, et que je ne m'en sortirais plus. Il était rouge de colère et de haine, il me traitait de tous les noms, et son visage maigre et terrible me donnait la nausée.

Bourgeois, qui était retourné s'asseoir au bureau, lui a gentiment demandé de se calmer, ça ne servait à rien. Duroc, qui était moins antipathique que son collègue, ce qui était tout relatif quand même, m'a dit qu'il fallait maintenant être raisonnable, que nier plus longtemps les faits n'avait aucune utilité, c'était fini.

Il était aux alentours de 15 heures. Je n'avais plus la notion du temps. On m'avait bien donné à midi un sandwich et une bière, mais j'étais à bout, sans plus aucun espoir de prouver que j'étais innocent. Je me sentais cerné, abruti de fatigue et de terreur. Ils allaient sonner l'hallali, la dernière charge.

J'ai demandé à faire appel à un avocat (j'en connaissais un de nom, maître Bloch, le frère de l'un de mes collègues), mais ils m'ont dit que je devais d'abord avouer et signer ma déposition, ensuite la procédure normale se mettrait en marche avec le juge d'instruction.

Je n'ai pas tout compris, mais j'ai su qu'ils venaient de gagner.

Avant de m'endormir, Marie, j'ai repensé avec effroi à ces heures d'interrogatoire qui m'avaient anéanti et réduit à un état second, bestial et primitif. J'étais devenu un autre en 24 heures, méconnaissable, pitoyable, voyant fondre mes illusions et s'envoler tout espoir de m'en sortir indemne, et de m'en sortir tout court. Il n'y avait plus aucune issue possible : le piège avait fonctionné au millimètre.

Je me suis souvent demandé, et je me pose toujours la question même si maintenant les dés sont jetés, si les gens, ici dans la ville ou ailleurs, pouvaient imaginer à quoi pouvait ressembler l'interrogatoire d'un type innocent à qui on veut par tous les moyens faire avouer un crime qu'il n'a pas commis, et auquel il est étranger. Dans les rues, dans les cafés, dans les magasins, chez eux, les gens parlaient sans doute de mon affaire, ils regardaient ou écoutaient les informations, lisaient le journal, et sûrement me considéraient-ils déjà comme le monstre qui avait tué la petite lycéenne.

Conditionnés qu'ils étaient par les affaires criminelles des dernières années, jugeant en majorité que seule la guillotine pouvait faire payer leur crime aux assassins d'enfants, la question ne se posait pas pour eux de savoir quels moyens utilisaient les enquêteurs pour les faire avouer, du moment qu'ils avouent et signent leurs aveux. L'adage était donc bien réel : la fin justifie les moyens.

Démolir un homme, rien de plus simple. Pas besoin de preuves, pas besoin d'indices, seul compte le *concours de circonstances*, ce fameux *hasard* qui vous place à tel endroit, à telle heure, là et quand il ne fallait surtout pas être, et ensuite tirer sur la ficelle, y accrocher tout ce que l'on voulait y mettre, et l'affaire était entendue : vous voilà devenu un assassin à livrer à la justice, qui après un beau procès bien tourné vous enverra croupir derrière les barreaux ou vous faire couper en deux par une lame de fer.

Moi qui avais toujours eu de la Justice une haute idée, je ne comprenais pas, et je refusais de l'admettre, qu'elle puisse avoir parfois pour auxiliaires des hommes aussi cyniques et brutaux que ceux que j'avais en face de moi et qui avaient décrété qu'ils ne me lâcheraient pas. Leurs méthodes pour me faire avouer à toutes fins que j'étais ton meurtrier, Marie, étaient indignes et ignobles. Était-ce parce que j'appartenais à ce que d'aucuns considéraient comme une caste privilégiée à qui tous les moyens étaient bons pour leur rabattre le caquet, ou parce que j'étais d'origine allemande et qu'ici à Metz il y avait encore des relents venus des bas-fonds de l'histoire (me revenait ce cri de *À mort le boche* qui avait accueilli l'annonce de ma condamnation) ? Peut-être les deux, ce qui faisait de moi le coupable idéal et parfait. Que pouvais-je face à cette haine, à cette volonté de me briser ?

Devant mes yeux, qui dans le noir fixaient le plafond de ma cellule, défilaient les visages de mes persécuteurs. Cinq mois après ce qu'ils m'avaient fait subir dans le bureau du commissariat, je n'avais rien oublié de leurs questions, de leurs cris, de leurs regards vicieux et mauvais. Si je pouvais concevoir que les flics mettent tous les moyens légaux en leur pouvoir pour retrouver et livrer à la Justice les assassins d'enfants, comme ils l'avaient fait pour Ranucci, dont j'avais suivi la sordide affaire et qui avait payé son crime sous la guillotine, j'étais incapable par contre d'admettre les excès, les pièges, les mensonges, les pressions physiques et psychologiques, parfois assimilables à la torture, qu'ils avaient utilisés au-delà de toute mesure à mon encontre. Ces hommes m'avaient fait passer de l'état d'être humain à celui d'une bête sanguinaire.

L'inspecteur Corbino, qui avait ostentatoirement joui le

soir de mon procès du verdict me condamnant, qui m'avait malmené jusqu'à me gifler durant l'interrogatoire, me hantait particulièrement. Il représentait à mes yeux le flic sans âme et sans pitié, qui, imbu de sa mission de justicier, ne se fixe aucune limite tant que son supérieur ne lui fait pas grief d'avoir franchi la ligne rouge. Avait-il un compte personnel à régler avec moi, pour une raison que bien sûr j'ignorais, et que je ne pouvais pas m'expliquer ? Voulait-il faire du zèle ? Était-ce sa nature odieuse et cruelle ?

Duroc ne m'inspirait pas plus confiance. Sous des dehors moins odieux et pervers que Corbino, il m'apparaissait plutôt comme un personnage fielleux, cauteleux et dissimulé, qui d'une main vous aurait tendu un mouchoir pour essuyer vos larmes et de l'autre la corde pour vous pendre. Je revois son visage légèrement poupin, animé d'un clignement irrégulier de l'œil droit qui semblait lancer des messages en morse et qui s'accentuait avec l'excitation et la colère.

Entre les deux trônait, dans ma vision nocturne, le commissaire Bourgeois. Il semblait être de la classe des flics qui en imposent, que l'on craint et redoute, un peu du style de ceux que l'on voit dans les films ou à la télévision, genre Louis Jouvet dans *Hôtel du Nord* ou Jean Gabin dans *Le Pacha*. J'avais appris par l'un de mes gardiens qu'il dirigeait la police judiciaire de Metz depuis une dizaine d'années, et que c'était un type respecté, que l'on voyait tous les dimanches à la grand-messe à la cathédrale avec madame, et aux vœux du maire et du préfet. C'est lui qui avait mené l'enquête dans l'affaire Gunther Volz, cet ancien légionnaire qui avait tué une gamine près de Thionville et qu'on avait guillotiné au mois de décembre 1967, il y aura onze ans – serai-je le prochain ?

Je me disais que ces hommes, que je ne voyais qu'à travers le prisme de leur travail, avaient sans doute une femme et des enfants, qu'ils étaient sans doute de bons pères de famille, attentionnés, attentifs à donner à leur progéniture une bonne éducation et des valeurs humaines. Dans la vie quotidienne, c'étaient sûrement des gens bien, respectables, comme je l'étais, comme mes parents l'étaient.

Je me disais aussi que j'aurais pu les croiser dans la rue, être à côté de l'un ou l'autre au cinéma, au théâtre, au restaurant, avoir eu comme élève un de leurs enfants à qui, comme à toi, Marie, j'aurais pu faire aimer la lecture et la littérature. J'aurais pu, par le hasard des rencontres, entamer une conversation avec l'un d'eux, ce genre de conversation banale sur le temps qu'il fait, sur la politique, sur tout et n'importe quoi, et qui fait que l'on peut en arriver à sympathiser, à se parler de sa profession, de ses enfants. Aurais-je pu croiser sur ma route Bourgeois, Corbino ou Duroc ?

Mon malheur et mon destin me les ont fait rencontrer. Et ils m'ont détruit.

———

Durant les récréations, au lycée, je ne rejoignais que rarement mes collègues, préférant rester seul dans ma salle de classe. Quelques jours avant les congés de la Toussaint, j'avais eu la surprise de voir entrer mademoiselle Lasard, qui passait par là. C'était la professeur d'histoire-géo de ma classe de première. J'avais beaucoup de sympathie pour elle, et mes élèves l'appréciaient. Elle était plus âgée que moi, une bonne quarantaine, plutôt agréable et coquette, mais il y avait entre elle et moi une forme de complicité liée à notre souci commun de voir nos élèves réussir. Nous n'avons parlé de rien de particulier, mais, sans bien savoir pourquoi, je lui ai proposé d'aller dîner ensemble un soir durant les vacances. Elle m'a semblé un peu étonnée, mais m'a dit « Pourquoi pas ? »

Nous nous sommes retrouvés dans un petit restaurant de la place de Chambre, au pied de la cathédrale, autour d'un couscous qui en faisait la réputation. Je ne sais plus aujourd'hui de quoi nous avions parlé, sans doute de tout et de rien, jusqu'au moment, Marie, où nous avons parlé de toi. Nous partagions les mêmes points de vue à ton égard, les difficultés que nous avions eues à te dompter et à te faire t'assagir, ton absence de motivation pour le travail, mais la certitude que nous allions y arriver.

Mademoiselle Lasard – j'avais du mal à l'appeler par son prénom, Véronique, et elle aussi – exerçait son métier comme s'il s'était agi d'une mission sacrificielle à laquelle elle voulait tout donner et se dévouer sans complaisance. C'est vrai que de ce point de vue nous étions en phase, et que cela aurait pu nous rapprocher. À ses regards, à sa manière douce de me parler, je sentais que je ne la laissais pas tout à fait indifférente.

Oui, nous aurions pu nous rapprocher...

Le souvenir de cette soirée m'est revenu ce matin comme

une bouffée triste et nostalgique.

J'ai revu mademoiselle Lasard au procès, à côté de Julien Roussel, ses yeux rougis de larmes semblant me dire qu'elle était persuadée de mon innocence.

———

Le dernier acte de mon interrogatoire tirait à sa fin. Il était vers 15 ou 17 heures, je ne sais plus, j'avais perdu la notion du temps ordinaire, j'étais dans une réalité absurde, dans un déroulement irrationnel et incohérent des choses. Je ne comprenais pas, Marie, sauf qu'allait simplement sonner l'heure de ma reddition, l'heure au-delà de laquelle j'allais basculer dans l'inculpation officielle, et où mon statut passerait de celui de suspect à celui d'accusé. Ma vie allait prendre une voie directe vers l'abîme.

Comme le chirurgien qui a fait le plus dur et qui charge ses acolytes de recoudre le charcuté, Bourgeois m'a laissé avec Duroc et Corbino, et un troisième flic assis au bureau, que je n'avais pas encore vu, un tout jeune, prêt à recueillir ma déclaration. Il leur avait demandé de finir le sale boulot pendant qu'il irait sans doute savonner ses mains salies à mon contact, peut-être rentrer sagement chez lui pour mettre ses pantoufles, s'enfiler un scotch et lire son journal, ou qui sait aller chercher sa fille à la sortie de son lycée et vérifier qu'il n'y avait pas un autre loup, un autre Rainer Dietrich qui rodait en humant l'odeur sucrée des jeunes filles fleurissantes.

Eux, Duroc et Corbino, ils allaient aimer ce moment jouissif que leur patron leur accordait comme pour les récompenser, c'était la finalité de leur job après tout, peut-être le moment qu'ils aimaient le plus dans leur vie de flic : achever leur victime et s'assurer qu'elle ne reviendrait plus en arrière une fois les aveux signés. Je les voyais savourer cette fin, cette attente et cette atteinte de l'objectif, ce moment unique qui justifiait toutes les ruses, tous les mensonges, tous leurs coups de gueule et leurs humiliations. Ils avaient de la chance : jamais sans doute ça n'avait été aussi rapide, un peu plus de vingt-quatre heures, aussi facile, aussi glorieux, net et sans bavures. Le patron les noterait bien, ils auraient de l'avancement, et ils offriraient un pot à leurs collègues où ils pourraient raconter leur exploit, qu'un jour peut-être ils le raconteraient à leurs petits-enfants qui les regarderaient comme des héros justiciers.

Mais ils m'ont encore laissé poireauter, mijoter dans mon jus, la fin n'en serait que plus excitante.

Ils m'ont dit sans même me regarder qu'ils m'accordaient encore cinq minutes pour me décider. Duroc s'est allumé une clope. Corbino a décapsulé une canette d'Amos, l'autre pianotait sur sa machine, l'air idiot, la langue sur le côté de la bouche comme un élève qui s'applique sur sa dictée.

———

J'étais toujours menotté derrière le dos de la chaise, et mes poignets étaient devenus presque indolores de douleur. Mon cerveau amplifiait comme une corne de brume dans la nuit les bruits venus des bureaux voisins, qui se fondaient par moment dans ma tête dans le déchaînement d'un orchestre de percussions : les sonneries de téléphone, les cris, les pas dans le couloir, le crépitement des machines à écrire, les portes claquées, une symphonie abrutissante qui me laissait dans un état d'hébétement qui m'avalait peu à peu.

Et eux qui me regardaient sombrer...

C'est là, Marie, que, peut-être parce que le désespoir m'envahissait et que je croyais vivre mes dernières heures, je me souviens, flottant dans un mi-rêve, avoir vu ma vie défiler devant mes yeux. On dit qu'avant de mourir, en quelques secondes, tout revient, en accéléré, des scènes enfouies quelque part, telles une fresque déroulée à la vitesse de la lumière, et tout s'échappe et revient en flot continu, comme une cascade des choses vécues mais explosées, oubliées.

Je me revoyais enfant...

Je suis sur un manège de fête foraine l'après-midi de ma première communion une fillette accrochée à la crinière du cheval de bois et qui pleure de voir sa mère tourner sur le banc.

Je suis sur le sable d'une plage près de Rostock sur la Baltique regardant un enfant de mon âge qui vient de se noyer des gens hurlaient de douleur.

Je suis sur ma petite chaise à l'école j'écoute le maître nous lire dans sa barbe noire une histoire de Grimm Le Violon merveilleux.

Le médecin qui dit à ma mère que j'ai la rougeole et que c'est grave et que je peux mourir et maman qui me berce.

Et notre première télévision qui proclame que la Sarre va redevenir allemande et les gens qui crient dans la rue et mon père qui m'entraîne avec lui devant la maison pour applaudir...

Marie, je ne sais toujours pas ce que ces choses venaient faire dans ma tête et ce qu'elles signifiaient, ces éclats de mémoire cassée qui étaient restés cachés en moi et que j'avais perdus, que voulaient-ils me dire, et pourquoi à cet instant précis où mon esprit agonisait ?

M'annonçaient-elles la fin du *manège* de ma vie ? La *noyade* qui se préparait ? La *mort* possible et imminente, les *cris* des gens dans la rue à l'annonce de mon exécution prochaine ?

Était-ce ma vie qui me disait adieu ? Des lumières surgies du passé qui s'éteignaient ? Le dernier film avant l'extinction de tout ?

Je me suis dit après ce flot d'images passées devant mes yeux, que je pourrais effectivement mourir, je le voulais même, pour ne pas laisser aux trois types qui me regardaient le plaisir d'achever ma destruction.

J'avais assez vécu, et je souhaitais m'envoler pour te rejoindre.

J'ai presque eu envie de demander à Corbino de me tirer une balle dans la tête, pour le seul plaisir de ne pas leur donner ma signature.

———

Au début de mon enfermement, je me disais que j'avais le temps : de me préparer, de faire la paix avec moi-même, de t'écrire, d'espérer sans trop y croire qu'ils reconnaîtraient leur erreur. De me donner l'illusion que le temps pouvait s'arrêter, par simple pitié pour moi.

Aujourd'hui je n'y crois plus. Le temps me dévore et je

m'efface, je suis Dorian Gray devant son portrait qui se gomme. Tu te souviens, Marie ? Dorian Gray, Oscar Wilde, l'exposé de Sophie et Laurent le dernier cours avant Noël, et toi qui regardais la neige qui tombait…

Novembre s'annonce, le mois sinistre où tout redevient brusquement triste, gris et lugubre, où les nuits sont interminables et insomniaques, pleines d'ombres qui viennent m'observer et me dire que bientôt j'en serai une.

Devenir une ombre, avant le châtiment.

Quand j'étais petit, c'était le mois des cauchemars, le cap des tempêtes. Voir, derrière la fenêtre de ma chambre, les feuilles rousses des arbres de notre jardin tournoyer lentement avant d'être emportées par le vent me torturait. Me lever sans le soleil perçant à travers les volets de ma chambre me tordait le ventre. Souvent, la nuit, j'allais me faufiler dans le lit de mes parents, et chaque matin mon père m'accompagnait jusqu'à l'école, à quelques centaines de mètres de la maison, pour être sûr que j'y arriverais à l'heure parce qu'une fois, après une nuit de mauvais rêves et de pleurs, je m'étais perdu et que je m'étais retrouvé sur un chemin à la bordure de la campagne. Même au pensionnat, et encore à l'adolescence, j'étais mal à cette époque de l'année. Avec l'approche de Noël les terreurs s'éloignaient.

Noël… Je pressens que je ne le verrai pas cette année, mais ça peut traîner encore plusieurs jours, ce sont eux les maîtres de mon horloge. Mon pourvoi a été rejeté il y a deux semaines, ne reste que la grâce. Parfois je l'espère, parfois je me dis dans une crise de désespoir que Giscard il peut se la garder. Mais je sais que c'est imminent, et j'en tremble sans pouvoir maîtriser ma peur.

Malgré cette incertitude, il m'est impossible de me préparer à la mort qu'ils vont me donner. Je ne peux pas m'empêcher, chaque soir, de me dire qu'ils vont venir à l'aube, en procession, pour m'accompagner dans la cour de la prison où la guillotine fera son office. Qu'on va me couper en deux morceaux, d'un coup de lame projetée sur ma nuque par un type en bleu de chauffe qui aura sans trembler appuyé sur un bouton ou détaché la corde retenant la lame, et que dans la boîte de bois je serai séparé de moi-même pour l'éternité.

Le chemin de croix ne commence pas quand ils ouvrent la porte, il commence quand la nuit vient, cette nuit qui a des yeux et qui sait qu'elle avalera bientôt mon âme. La nuit, avec ce silence qui tombe sur la cellule, et qui empêche de trouver la bonne combinaison pour s'endormir, la bonne position du corps pour qu'il s'apaise enfin.

———

Une semaine que je n'ai pas eu, Marie, le courage de reprendre ma conversation avec toi. Je ne saurais te dire pourquoi. Au fond de ma conscience, je me dis que mes mots sont à la fois une chimère et une forme de démence, qui me fait franchir les frontières de la folie, et qu'il vaudrait peut-être mieux y mettre un terme. Je passe mes jours à attendre le silence du crépuscule, et mes nuits, les yeux clos, à redouter les premiers bruits de l'aube. Je vis à l'envers, persuadé que dans ma condamnation était incluse cette clause qui m'excluait de la normalité humaine.

Une étrange sensation m'envahit chaque jour un peu plus, qui chaque jour s'amplifie et m'affole et m'opprime, que je me sens impuissant à juguler. Je me sens devenir vieux, stupide, idiot, il m'arrive de me surprendre en pleine hébétude, les yeux fixes et la bouche ouverte, et cela ne me fait même plus peur.

J'oublie ce que j'ai été. J'oublie qui je suis. Je perds dans un brouillard opaque les images de ma vie d'avant. Je me fais penser à ce personnage d'un roman qu'il me semble vaguement avoir lu à l'adolescence, un roi promis aux plus hautes destinées, que des dieux jaloux avaient condamné à perdre chaque jour un morceau de sa mémoire, qui s'éveillait chaque matin en s'interrogeant sur ce qu'il avait fait la veille et devait faire le jour, et qui avait fini par se demander qui était cet homme devant son miroir, avant de se jeter dans les flammes de son château.

Ce matin, pourtant, je veux reprendre l'histoire de mon calvaire là où je m'étais arrêté.

Je t'ai écrit, souviens-toi, que le commissaire était parti, en m'abandonnant à ses hommes. Je m'étais imaginé qu'il était rentré chez lui, comme un bon fonctionnaire après sa journée, les laissant achever le boulot. Je m'étais trompé, car il est revenu vingt minutes plus tard, une feuille à la main.

Il m'a d'abord dit que ma voiture avait été soigneusement passée au peigne fin, et que l'on avait trouvé, incrustée dans les sculptures de mes pneus, de la boue et de minuscules morceaux de feuilles, provenant vraisemblablement d'une ornière encore humide d'un chemin forestier. Deux gendarmes envoyés sur les lieux venaient de confirmer que, quelques mètres après l'entrée du chemin menant à la croix de Saint-Clément, ils avaient effectivement observé des traces de pneus pouvant correspondre à ceux de ma voiture. Il m'a demandé ce que j'avais à répondre à cela, j'ai juste hoché la tête de droite à gauche, pas la force, encore moins la volonté, de hurler au mensonge et au coup monté.

Puis est venu le coup de grâce : la disculpation du cycliste par le patron du bistrot d'Ancy, que les gendarmes avaient interrogé en fin de matinée. Le cycliste y était bien entré, mais à 13 heures 30, bien avant l'arrivée des gendarmes pour le contrôle, il ne pouvait donc pas être à la croix Saint-Clément à l'heure où j'avais affirmé l'avoir vu. D'ailleurs, selon le patron, c'était un habitué, qui chaque lundi venait à vélo depuis Gravelotte et passait prendre un verre et faire son tiercé avant de repartir voir sa mère à Corny. Ce jour-là, avait-il cependant remarqué, son client s'était arrêté quelques instants, son vélo à la main, pour regarder un jeune type qui se faisait contrôler et qui semblait contester sa contravention. Je ne les crois pas, ils ont monté un faux témoignage.

Que vont-ils encore trouver ? N'en ont-ils pas assez maintenant de cet acharnement ?

Tout s'écroule, je me sens nu face à la terrible accusation.

Je n'ai plus aucun moyen de leur prouver que j'ai dit la vérité, que je ne t'ai pas tuée, Marie. Les dents du piège à loup se sont refermées, et curieusement je ne sens plus rien.

Alors j'ai décidé de capituler.

Puisqu'ils *le* voulaient, qu'ils *me* voulaient.

J'ai avoué.

Avec un calme étrange et aérien, l'esprit comme libéré de toute contrainte je leur ai dit que oui je t'avais violée et étranglée le lundi 2 mai peu avant 14 heures en rentrant de Nancy au pied de l'arbre où tu étais en train de lire *La Peste*. J'ai dit oui à tout, droit dans leurs yeux morbides illuminés de la gloire des vainqueurs, avec une assurance qui semblait les étonner eux-mêmes. J'ai reconnu mes mensonges, la lettre et les deux cœurs que j'avais dessinés avant de te l'envoyer, le cycliste fantomatique, le collègue alibi… Tout ce qu'ils voulaient y compris les détails les plus sordides, des mots dégoûtants que je ne m'étais jamais imaginé pouvoir et devoir dire un jour.

Ils n'ont même pas posé de questions, car j'ai tout balancé, et c'était comme si je revivais mon crime et ta mort. J'étais prêt à inventer des détails auxquels ils n'avaient même pas pensé.

Je ne me suis même pas trouvé de circonstances atténuantes. Et pour que tout soit consommé, je leur ai dit que j'avais pris plaisir à te tuer. Et dans ma tête tout cela était vrai, je n'avais plus rien à ajouter.

L'inspecteur Duroc m'a relu ma déposition. Elle faisait trois pages, que j'avais débitées, sûr de moi, sans hésitation, sans temps d'arrêt, sans retour en arrière, au rythme du crépitement de la machine à écrire, comme si je récitais une histoire que je venais de vivre une heure auparavant. Corbino me regardait, blanc et sinistre, semblant ne pas comprendre. Le commissaire Bourgeois fumait sa pipe, sans un mot, comme tétanisé. Seul Duroc semblait indifférent…

J'ai signé, sans trembler, avec un aplomb qui a dû les sidérer.

Ils se sont regardés. Je ne saurai jamais si c'était un regard de triomphe ou la conscience qu'ils avaient joué à un jeu interdit, celui qui allait envoyer à la guillotine un homme qu'ils savaient innocent.

Comme si d'un coup ils m'avaient pris en pitié, ils m'ont donné à boire et m'ont autorisé à aller prendre une douche dans leurs vestiaires, accompagné d'un gardien. Ils ont envoyé un inspecteur chercher du linge de rechange chez moi.

On m'a alors reconduit en prison. J'étais déjà condamné. J'étais déjà mort. Mais, bizarrement, j'étais soulagé, presque heureux.

———

Voilà, Marie, maintenant tu sais.

Officiellement, le 5 mai au soir, trois jours après ta mort, ton assassin a signé ses aveux complets.

La machine judiciaire, après les heures d'inquisition policière, allait pouvoir se mettre en route, et l'engrenage continuer de me broyer. Ce n'était plus vraiment mon problème, c'était maintenant celui du juge d'instruction, de mon avocat, jusqu'au procès qui se tiendrait au palais de Justice de Metz et au terme duquel quelques individus tirés au sort ou à la courte paille allaient dire en leur âme et conscience ce qu'on devrait faire pour m'empêcher de nuire et me rayer de la société.

Dans la prison, aux yeux des autres condamnés dont beaucoup étaient des brebis malchanceuses ou aux peines légères, j'étais un paria, un monstre voué à la guillotine. Les gardiens, qui ne me faisaient aucun cadeau, avaient tout de même reçu consigne de m'éviter tout contact avec les détenus, et de me surveiller de près au réfectoire et durant les promenades, des fois qu'on essaierait de me faire la peau. Je voyais les regards vicelards et menaçants des caïds de la prison, dont à plusieurs reprises j'avais tremblé à la vue de leur pouce traçant entre leurs deux oreilles le geste de l'égorgement, ce qu'ils appelaient le « sourire kabyle ». Puis, peu à peu, on m'a foutu la paix.

La nuit, dans ma cellule, le sommeil ne venait que rarement. J'étais encore abruti par tout ce qui m'arrivait. Les heures passées entre les mains des flics m'avaient démoli, déstructuré, physiquement (j'avais perdu deux ou trois kilos, moi qui n'étais pas épais, et mes joues s'étaient horriblement creusées) mais surtout psychologiquement : ma volonté de me battre avait disparu, mon espoir dans la justice s'était atomisé, et j'avais oublié tout ce qui jusqu'à présent avait construit ma personnalité. Un à un, les visages connus disparaissaient de ma mémoire, il ne restait plus que ceux de mes parents et le tien, Marie.

———

J'avais avoué deux jours après le crime qu'on m'imputait, l'enquête avait été bouclée en deux temps trois mouvements, personne n'avait émis le moindre doute sur la véracité de mes aveux.

Leur annonce avait dû noircir les unes de la presse et faire les gros titres des journaux télévisés, qui en avaient fait leurs choux gras. L'horreur de mon crime avait à n'en pas douter révulsé les bonnes gens dans tout le pays, et déjà on devait se préparer, à Metz, au procès du siècle et à l'exécution du damné, dix ans après Voltz, un autre Allemand…

Mon dossier était parfait, calé, validé, gravé dans le marbre, il ne restait plus qu'à faire une belle mise en scène pour me juger et m'expédier là où je devais aller.

Mon avocat, maître Bloch, m'a dit que ce n'était pas si simple, que nous étions dans un pays de droit où la justice expéditive n'était pas de mise, que ça prenait du temps. Le juge d'instruction devait constituer un dossier pour la chambre de mise en accusation, dans lequel pas même une virgule ne pouvait prêter à confusion, et où les points d'interrogation n'avaient pas leur place. Il devait rassembler toutes les pièces me concernant, ou des témoignages dont la police n'avait pas eu connaissance. J'imaginais qu'il allait faire défiler devant lui mes élèves, mes collègues, mes voisins de la rue de Queuleu, et tout ça prendrait du temps. Et puis ce n'était pas son seul dossier, même s'il était exceptionnel par sa gravité, et même s'il en faisait une affaire prioritaire. Et puis il y avait ce qu'ils appellent les vacances judiciaires…

On m'a extrait à plusieurs reprises de ma cellule, pour me rendre aux convocations du juge. La première fois, c'était vers le 20 mai. Puis on m'y a emmené quatre ou cinq fois. J'y allais, vêtu du même costume anthracite que je portais parfois en cours, menottes aux poignets, rasé, bien coiffé, encadré par deux gendarmes.

Sortir de ma cellule et voir quelques instants le ciel au-dessus de la ville me faisait du bien. De la prison au palais il n'y avait que cinq petites minutes. La rue qui les reliait en longeant la place de la République m'était familière, autant que les abords du grand bâtiment dominant l'Esplanade et les statues voisines et, à l'arrière, le jardin public qui surplombait la Moselle et le quai des Régates. L'entrée monumentale du palais était surmontée et encadrée de sculptures guerrières qui semblaient déjà condamner ceux qui la franchissaient menottés, comme s'ils passaient sous les fourches caudines de la Justice victorieuse.

Que de fois, déambulant dans ce quartier depuis mon arrivée dans la ville, n'en avais-je pas fait le tour, sur les pas de Verlaine et de Lou Albert-Lasard, nés dans les rues adjacentes, et sur ceux de Bernard-Marie Koltès dont on commençait à parler dans les milieux du théâtre et que je m'étais juré de faire venir un jour pour parler à mes élèves.

J'aimais aussi m'asseoir sur un banc de l'Esplanade, un livre à la main ou des copies à corriger dans mon sac, ou photographier sur tous leurs angles les vieilles statues de bronze, l'étrange cheval à l'amble semblant humer l'air messin, la belle nymphe au corps généreux et luisant, légèrement déhanché, qui à l'époque avait fait scandale, ou le maréchal Ney veillant virilement sur la ville, le fusil à la main.

Le bureau du juge d'instruction, au second étage d'une aile du palais, donnait sur une rue étroite, en face d'une ancienne abbaye transformée en mess des officiers de la garnison. Aussi austère et spartiate qu'était sordide celui du commissaire Bourgeois, la présence sur un mur d'une reproduction d'un tableau de Georges de La Tour, avec la lumière d'une chandelle dans la nuit, me fascinait et me donnait même un petit espoir, un espoir de je ne savais quoi. À plusieurs reprises, pendant que je plongeais dans cette obscurité lumineuse qui m'était bienfaisante, j'ai entendu le juge me disant sévèrement : *Je vous parle, Dietrich !*

Au cours des premières séances, assis à la droite de mon avocat, je n'en menais pas large. Le juge, un petit homme d'une quarantaine d'années tassé sur son siège derrière un bureau trop haut pour lui, était comme l'incarnation même d'une justice impitoyable, jusque dans sa tenue vestimentaire stricte et ses cheveux noirs plaqués en arrière à la brillantine qui lui donnaient un air ascétique et méprisant. Comme Corbino, qui paraissait avoir été prédestiné à la fonction policière la plus abjecte, il semblait avoir été taillé dans l'acier même dans lequel on avait découpé le couperet de la guillotine. Mon avocat faisait tout pour atténuer son attitude haineuse à mon égard, mais lui-même semblait écrasé par cet homme visiblement dénué de toute humanité.

———

Les séances dans le bureau du juge ne duraient jamais longtemps. Au cours des premières, il m'a interrogé sur mon enfance, sur mes parents, sur le pensionnat où j'avais fait mes études, et même sur ma vie sexuelle, des fois que j'aurais été un détraqué à tendances pédophiles ou sadiques. Puis sur mon métier de prof, dont il affichait le mépris le plus total, sur mes relations avec mes élèves, sur toi bien sûr, Marie. J'étais abasourdi par sa volonté implacable de me prouver à moi-même que j'étais un pervers et que j'avais prémédité mon crime dès le premier jour, celui de la rentrée au lycée : selon lui, ton attitude avait enclenché un processus diabolique qui ne pouvait qu'aboutir à mon acte criminel, et réveillé des pulsions incontrôlables : la lettre, si on la lisait entre les lignes, en était selon lui et les experts à qui on l'avait soumise, la preuve absolue, un cas d'école comme il m'a dit. Il avait fait là-dessus une espèce de démonstration alambiquée à laquelle ni moi ni mon avocat n'avions pas compris le moindre mot, il avait dû passer la nuit précédente à l'inventer, ou à compulser de vieux grimoires de criminologie du temps des sorcières.

Mais peut-être finalement, et même sans doute, avait-il raison, puisqu'il était le juge d'instruction, et puisqu'il avait pouvoir absolu sur moi, dans la mesure où mon avocat ne lui prouvait pas le contraire. Il allait m'apprendre sur moi-même des choses secrètes et enfouies que je ne soupçonnais pas et qui allaient me convaincre que j'étais bien le tueur de Saint-Clément.

Peut-être aussi, et sans doute, avait-il raison lorsqu'on m'a emmené là-haut, dans la forêt, pour la reconstitution du crime, où j'ai tout fait comme il me l'a demandé, et même s'il a bien vu que je ne connaissais pas les lieux – je lui ai d'abord désigné un arbre qui n'était pas le bon – et que j'ai simulé maladroitement les gestes qu'il m'a demandé de refaire, des gestes que j'ai inventés car je ne les avais jamais pratiqués si ignoblement. Mais je savais que la scène de reconstitution n'était pas une preuve, je ne voyais pas ce qu'elle pouvait apporter de plus à mon dossier. C'était la procédure, et ça m'aurait presque fait rire si je n'en avais pas été l'acteur principal.

Mais, Marie, à aucun moment de l'instruction je n'ai vraiment eu le sentiment que cet homme, aveuglé par son acharnement, ait été capable de croire même une seconde que j'aie pu être innocent, comme Bourgeois et ses acolytes. Personne ne m'a laissé la moindre chance.

Innocent je l'étais, mais je n'avais aucun moyen de le prouver, et il était trop tard pour me rétracter ou revenir sur mes aveux. Les efforts de mon avocat pour essayer de trouver la faille s'écrasaient contre le mur d'acier d'une obstination haineuse.

Je n'avais plus qu'à attendre mon procès.

———

Hier en fin de matinée, Marie, le directeur de la prison m'a remis une lettre.

Il m'a dit que le règlement lui imposait de la lire avant de décider s'il me la transmettrait ou pas, au cas où elle pourrait « nuire à ma détention » (ce sont ses propres mots), et qu'il avait jugé après lecture que je pouvais en prendre connaissance. Je ne vois pas en quoi une lettre pourrait bouleverser mon destin, c'était déjà assez que la nôtre, Marie, avait atomisé le mien.

Cette lettre, m'a-t-il précisé, ne lui était pas parvenue par la poste, mais par le greffier de la prison qui la lui avait apportée en début de matinée, de la part d'un jeune homme qui souhaitait avec insistance me la faire remettre.

Lorsque j'ai vu la porte de ma cellule s'ouvrir sur le

directeur, mon cœur s'est mis à battre plus vite, car je pensais qu'il m'apportait des nouvelles de la procédure judiciaire, je savais que c'était imminent. Mais il a légèrement souri, et m'a dit qu'un jeune homme avait demandé à ce qu'on me remette une lettre – un de vos élèves, m'a-t-il précisé. Il me l'a tendue, puis est ressorti aussitôt.

Cet élève, Marie, c'était Julien Roussel.

Julien ne m'avait pas oublié. Julien ne m'avait pas condamné. Je me suis souvenu de son regard lors de mon procès, de ses yeux explosés à l'énoncé de ma sentence de mort, comme ceux de mademoiselle Lasard.

J'ai ouvert l'enveloppe et déplié la lettre avec lenteur. J'ai reconnu l'écriture fine de Julien (à l'inverse de la tienne, hachée et torturée), sa belle calligraphie, son sens de la phrase, ses mots choisis, son orthographe irréprochable, parfaite comme l'était celle de ses compositions écrites. Cette lettre, avant même de la lire, je l'ai longtemps regardée, je l'ai humée, elle avait un parfum que j'avais oublié, celui de l'encre bleue nuit porteuse de la beauté des lettres... l'image m'est revenue du bleu Majorelle qui incarnait pour moi l'émotion littéraire.

Je me souvenais parfaitement de Julien. Un jeune homme élancé et fin, aux cheveux blonds légèrement bouclés, un visage éclairé par des yeux profonds, mais un garçon timide et réservé, comme je l'étais moi-même à son âge. Julien était déjà un passionné de littérature, et il m'avait confié un jour rêver d'écrire une pièce de théâtre, ou un roman, et devenir journaliste. Rien que cela justifiait mon métier, comme t'avoir fait, Marie, aimer Zola et Camus.

J'avais deviné depuis longtemps que Julien te plaisait, et cela m'amusait. Vous étiez tellement différents, mais finalement si complémentaires, faits l'un pour l'autre. Il y avait eu peu à peu entre vous une sorte de complicité retenue, que j'aurais pu innocemment guider pour vous faire travailler ensemble à la préparation du bac et entraîner les élèves moins motivés. Mais le destin ne l'a pas voulu.

Julien me disait d'abord le choc de ton assassinat, le choc de mon arrestation et de mon inculpation, qui avaient ébranlé tout le lycée jusque dans ses fondements. Pendant des nuits il n'avait pas trouvé le sommeil, ses résultats scolaires s'en étaient ressentis, au point que ses parents avaient décidé qu'il ferait sa terminale dans un lycée privé de Metz.

Chez les élèves, c'était l'incompréhension, la stupeur, la sidération. Les premiers jours, certains arrivaient le matin avec le journal et commentaient les articles sur « le crime de la croix Saint-Clément », sur « le monstre de Fabert ». On ne parlait plus que de cela, de ta mort et de mon inculpation. Pendant toute une journée, les flics se sont installés dans le bureau du censeur et ont interrogé les élèves de la classe. Julien est passé le dernier, ils ont essayé, comme aux autres, filles et garçons, de lui faire dire des choses dégueulasses sur moi, surtout te concernant, en utilisant même, lui avait-on dit, des pressions ou des menaces. Certains avaient été convoqués chez le juge d'instruction.

Julien me disait que les cours n'étaient plus les mêmes, on aurait dit que les profs portaient sur leurs épaules le poids du drame, certains proclamaient qu'ils avaient honte d'avoir fréquenté un collègue qui n'était qu'un saligaud. Sur le lycée pesait une chape de plomb. À la sortie des cours, les élèves quittaient le lycée presque en rasant les murs, les flics rôdaient et surveillaient les entrées au cas où. Des parents qu'on n'avait jamais vus venaient aux nouvelles, et parfois en rajoutaient de leurs commentaires, bien sûr très orientés contre moi.

Et puis, au bout d'une semaine, les langues se sont déliées, les uns ne croyaient pas que « Monsieur Dietrich ait pu faire ça », que ses aveux c'était du bidon (trop rapides, pas de preuves réelles), que les deux cœurs au bas de la lettre, qui faisaient couler beaucoup d'encre et aiguisaient les discussions, c'était à tous les coups une invention des policiers pour accélérer une enquête qui ne devait pas traîner vu l'état d'excitation de l'opinion publique. On parlait aussi de ce mystérieux cycliste, qu'on n'avait même pas interrogé malgré le témoignage du patron du café, qui n'était peut-être pas fiable. D'autres au contraire disaient que Dietrich avait bien caché son jeu, on ne savait pas trop d'où il venait, en plus c'était sûr qu'il avait tué Marie en rentrant de Nancy, l'heure coïncidait, n'est-ce-pas ? Un Allemand, en plus...

Julien m'écrivait aussi que jamais il n'avait cru en ma culpabilité. Il était sûr que ton assassin courait toujours, et que pour lui c'était l'homme à vélo.

Il était monté deux ou trois fois à la croix pour déposer des fleurs au pied de l'arbre où on avait pris ta vie. La dernière fois, au début d'octobre, il s'y était rendu avec quelques anciens camarades de la classe de première. Ils avaient juré que, si mon recours était rejeté, si ma grâce était refusée, ils reprendraient l'enquête à zéro.

Julien avait terminé sa lettre par ces mots : « Courage, monsieur Dietrich, nous ne vous oublierons jamais.»

Alors qu'elle aurait dû me donner la force de tenir, cette phrase, bourrée de sincérité, m'a anéanti, car elle sonnait comme un adieu. J'ai fait appeler le directeur, et je lui ai remis la lettre en lui demandant de la faire disparaître.

Bizarrement, j'étais maintenant certain que le compte à rebours avait commencé.

———

Malgré tout, Marie, la lettre de Julien m'a rappelé des souvenirs de ces quelques mois que j'ai vécus avec vous dans notre salle de Fabert. Je crois que ce fut la plus belle période de ma vie, celle où enfin, après des années à enseigner et rabâcher la grammaire et l'orthographe à mes gentils collégiens de Dijon, je pouvais partager mon amour de la littérature et faire découvrir de fabuleux écrivains. J'ai eu un peu de mal avec toi, puis j'ai senti que tu avais fini par accrocher.

Si le destin ne t'avait pas broyée, tu aurais été ma plus belle victoire...

Nous nous retrouvions six heures par semaine, par séquences de deux heures. C'était des moments de bonheur, de complicité, et je n'avais pas besoin de hausser le ton pour capter votre attention. Notre relation était naturelle et confiante, je dirais même enthousiasmante. S'il restait entre vous et moi la distanciation nécessaire du professeur à ses élèves, si le cours magistral restait la règle, il faisait parfois place au dialogue, et j'aimais bien lorsque l'initiative de nos échanges venait de vous. Je vous avais expliqué que le mot *dialogue* venait du grec, et qu'il signifiait « la parole qui traverse », et entre nous c'était le cas. La littérature elle-même était un dialogue, et elle finissait par faire corps avec nous.

Un jour, c'était au mois de mars je crois, je vous ai parlé de Stefan Zweig.

Le hasard d'un cours sur *Les Rougon-Macquart* s'était orienté vers les romans de Zola adaptés au cinéma, *La Bête humaine*, *L'Assommoir*. La question était la liberté que pouvait prendre le réalisateur par rapport à l'œuvre littéraire. Une de tes camarades, Catherine si je me souviens bien, avait levé le doigt pour nous dire qu'elle avait vu quelques jours plus tôt à la télé *Le Joueur d'échecs*, un film allemand de 1960, avec l'acteur Curd Jürgens, alors très connu, inspiré du roman éponyme de Stefan Zweig. C'était l'histoire de la rencontre, sur un paquebot qui allait de New York en Argentine, entre deux joueurs d'échecs, le champion du monde et un aristocrate autrichien qui n'avait pu pratiquer le jeu que mentalement dans une prison nazie. Elle l'avait beaucoup aimé et avait acheté le livre. Je vous ai demandé si vous connaissiez Stefan Zweig, cet auteur autrichien qui s'était suicidé au Brésil pendant la guerre, en 1942, peu de temps après avoir écrit justement *Le Joueur d'échecs*. Vous sembliez plus curieux de savoir comment et pourquoi il s'était donné la mort, plutôt que le sens profond du roman. De fil en aiguille, je vous ai parlé de la nature inquiète et dépressive de l'écrivain, de la maladie de sa seconde femme, de sa vision pessimiste de l'évolution de la guerre devenue mondiale, de son désespoir en l'humanité.

J'aurais pu vous dire que je préparais une thèse sur Stefan Zweig, mais je n'étais pas certain que cela vous aurait intéressés, et c'était trop personnel, certains profs aiment bien parler de ce qu'ils font en dehors de leur métier, ce n'était pas mon cas, je ne voulais être que votre professeur de lettres. Je vous ai simplement encouragé à lire son roman.

Cette thèse, que je voulais consacrer à « Stefan Zweig face au nazisme », je n'en aurai écrit finalement que les premières pages, enfermées dans un tiroir de mon bureau d'où elles sortiront sans doute un jour pour finir au feu lorsque mon appartement sera vidé par son propriétaire. J'avais tout dans la tête, la problématique, l'architecture, la trame historique, les œuvres à étudier, et même, en guise d'exergue, cette phrase du *Joueur d'échecs* qui prend tout son sens dans cette prison à la veille de mon exécution :

« *Mais quel instant inoubliable que celui*
Où je me retrouvai dans mon enfer, enfin seul. »

Je me donnais cinq ans avant de la présenter à la Sorbonne, où j'avais rencontré les encouragements d'un éminent spécialiste de la littérature autrichienne qui avait accepté de la diriger et m'avait prodigué ses premiers conseils.

Mais là, dans ma cellule, face à la mort qui peut frapper à ma porte chaque matin, je suis Stefan Zweig face au barbiturique qu'il va porter à la bouche. Sans doute se dit-il que choisir sa mort et le moment de lui ouvrir les bras est un acte de liberté, un acte définitivement libérateur et salvateur, où l'esprit s'échappe de l'enfer de l'existence.

Cette liberté je ne l'ai même pas. Elle n'est pas prévue dans le Code pénal.

J'en suis là désormais, Marie, désespéré comme lui, attendant ma fin.

———

Je me dis que je mourrai avant mes parents, avant ces flics et ces juges qui voulaient ma peau et qui vont l'avoir, avant tous ces bagnards qui vivent au-dessus de moi. Même la machine qui me coupera en deux me survivra, sans tuer d'autres hommes je l'espère, avant de finir dans une salle du musée des horreurs .

Je pourrais me révolter contre l'injustice qui m'est faite par la vie et par les hommes. Maudire Dieu et tous ceux qui dans ma vie m'ont dit qu'il était amour et miséricorde, comme ce curé que je ne veux plus voir.

Je pourrais aller chialer dans un coin de ma nasse de béton et d'acier, hurler en secouant mes barreaux.

Qu'est-ce que cela changerait ?

On va me prendre la vie alors que je suis innocent. Comme toi, Marie, qui ne demandais qu'à vivre, qui étais faite pour la vie.

———

J'ai décidé de ne plus te parler du lycée.

D'effacer définitivement ma vie antérieure.

Je cherche maintenant l'apaisement, l'oubli de mes regrets.

Il est temps de me préparer.

À quoi me sert de te raconter tout cela, l'enquête, l'instruction, le procès ? Je m'imaginais que t'en parler me libérerait, me justifierait, me donnerait raison. Mais non.

Non, car cela me torture et me déchire, et je me demande s'il ne vaudrait pas mieux cesser cette correspondance artificielle et à sens unique que personne ne lira jamais, arrêter mon dialogue inutile avec toi, et ne plus monologuer qu'avec moi-même. J'ai cru que te parler dans ton au-delà me donnerait une force, une foi nouvelle qui me permettrait d'affronter ce sort qui se rapproche d'heure en heure.

Non, je n'y crois plus. Peut-être parce que je suis comme tous les hommes, j'ai peur de la mort. Comme ces animaux qui savent qu'on les conduit à l'abattoir, je renifle son approche, je sens l'éloignement de la vie.

Déjà près de deux cents jours que je moisis dans ma boîte à barreaux de fer, dans le trou noir de mon incarcération. Sept mois à compter les journées déconstruites et les nuits d'enfermement. Je m'enlise dans ces jours sans fin, dans ces sables mouvants et le marécage du temps perdu. Dehors les gens doivent se dire que le temps passe trop vite, qu'ils n'ont plus le temps de quoi que ce soit, moi il m'aspire lentement, il me saisit chaque matin, il m'avale toujours un peu plus, m'enserre et m'étrangle toujours plus fortement.

Ne plus penser. Me retirer en moi-même, ou de moi-même.

Effacer ma mémoire. Oublier mon visage. Gommer jusqu'à mon nom.

Pour que, quand ils ouvriront la porte et me porteront à

l'échafaud, ils ne saisissent qu'un fantôme, qu'un homme déjà parti, et que la lame ne coupe que le souffle qui m'aura déjà emporté.

———

Le curé est revenu.

Je lui avais fait comprendre pourtant que je ne voulais plus le revoir, qu'il n'aurait pas mon âme.

Il est là, devant moi, avec le même livre à la main et la même croix de métal sur le revers de la même veste anthracite.

Je crois qu'il n'est pas là pour une visite de courtoisie, ni pour me prêcher la repentance, mais pour une nouvelle tentative de me faire accepter l'inacceptable. Son visage blême me dit que quelque chose se prépare, et qu'il a été missionné pour me le dire, pour m'amener à l'idée de ma mort prochaine. Mais comment le saurait-il ?

Je n'ai pas de haine envers lui, il n'y peut rien. Je ne lui en veux pas non plus. Il fait son boulot, c'est tout, un sale boulot, comme le fera le bourreau réquisitionné pour me couper la tête, en bon fonctionnaire de la Justice. J'aimerais tout de même qu'il me dise s'il me croit coupable ou innocent.

Qu'il me dise si Dieu fait la différence entre les deux, si les coupables vont en enfer et les innocents au paradis, comme on me l'a appris autrefois au catéchisme.

Malgré tout, je lui ai souri, comme quelqu'un qui s'abandonne, qui n'a plus envie de se battre et qui s'en remet au premier venu. Il m'a tendu la main, je la lui ai serrée dans la mienne, elles tremblaient toutes les deux. Il a plongé son regard dans mes yeux morts.

Je me suis allongé sur mon lit, lui a approché la chaise, puis son visage du mien, comme pour me parler à voix basse. Le silence a d'abord été long, et nous parvenaient les bruits de l'étage au-dessus de nous, les bruits de la vie carcérale de tous les jours, ceux auxquels il est impossible de s'habituer, surtout quand on pourrit dans le couloir de l'attente de la mort.

J'ai senti chez lui une certaine gêne. Du coin de l'œil, j'ai vu que son front transpirait, et j'aurais parié que c'était une sueur froide, une sueur de peur et d'impuissance, peut-être de honte. Je lui ai demandé ce qu'il était venu me dire, après sa première visite qui avait mal tourné. Peut-être avait-il eu des informations sur ma procédure, peut-être le directeur de la prison lui avait-il demandé de venir pour préparer le terrain.

J'étais là depuis sept mois, et je savais que ça allait bientôt se décider. Je lui ai posé la question, tout en sachant qu'il ne pouvait pas avoir la réponse, le prêtre est en général, dans ces cas-là, le dernier averti, au dernier moment car rien ne doit fuiter. Sa présence aux côtés du condamné est une vieille tradition, un vestige de l'alliance entre le sabre et le goupillon, mais c'est pour la parade, pour que la justice garde bonne conscience et que, sait-on jamais, dans sa prière finale le prêtre pardonne aussi, tant qu'il y était, aux flics et aux juges qui en avaient davantage besoin que le pauvre type qu'ils menaient sous la lame.

Il a paru étonné de ma question, et m'a rassuré en me disant qu'il ne savait pas et que de toute manière ce ne serait pas à lui de me l'annoncer. Il m'a dit de continuer à espérer. Sa mission était, quoi qu'il en soit, d'apaiser l'âme des détenus – c'étaient ses propres mots – et de leur dire que Dieu était miséricordieux, qu'il ne fallait pas avoir peur, etc.

Je me suis redressé sur le lit, je lui ai demandé combien de condamnés à mort il avait accompagnés à la guillotine. Il a blêmi encore plus, a posé son livre sur ses genoux et m'a répondu *aucun*.

Je serai son premier client. Il le sait, je l'ai lu dans ses yeux.

Maître Bloch est venu me voir en début d'après-midi. Forcément, il avait la tête des mauvais jours.

Il m'a dit qu'il était convoqué à Paris en début de semaine prochaine pour demander ma grâce au président de la République. En juillet 76, Giscard l'avait refusée à Christian Ranucci, alors pour moi ça pouvait être autant de bon comme de mauvais augure, pile ou face… Je savais que depuis quelques mois, en France, les partisans de la peine de mort se faisaient plus nombreux, malgré les espoirs de certains – un jour, peut-être ?

Alors j'ai décidé de faire comme si le président allait décider de laisser la justice aller jusqu'au bout. On n'en serait plus à une erreur judiciaire près, un guillotiné de plus ou de moins, où était le problème ?

Le gardien est venu me parler à travers les barreaux. Il était au courant pour mon pourvoi. Lui et ses collègues étaient désolés, ils étaient sûrs que ça se passerait bien. Là-haut, et durant la promenade, ça discutait ferme entre les détenus, qui étaient plus nerveux que d'habitude. Entre eux les paris étaient maintenant ouverts pour la grâce : la plupart y croyaient.

- Tiens bon, Rainer, m'a dit le gardien en me serrant la main.

———

On est le 2 novembre.

L'approche de la fin me paralyse.

L'idée de la mort ne cesse de me hanter, malgré moi.

La mort, quand elle s'annonce, et avant qu'elle vous emporte, n'est pas qu'une idée, qu'une abstraction, qu'un compte à rebours. Elle est une matérialité qui peu à peu vous enveloppe, vous couvre déjà de son linceul. Elle est un imperceptible souffle que vous pouvez respirer, une odeur inhumaine que vous ne pouvez faire autrement que de renifler, quelque chose de poisseux. Je crois aussi qu'elle a une voix, celle du silence qui est déjà celui qui règne de l'autre côté.

Je pourrais refermer et oublier ce journal.

Malgré tout, il me reste encore quelques choses à écrire, pour ne pas sombrer dans la folie, pour être prêt à faire face le moment venu.

Je n'ai pas relu les dernières pages, comme je le fais d'habitude avant de reprendre mon stylo. Les relire me donnait un élan, une force, même si ce que j'écrivais était parfois d'une douleur extrême. Je crois aussi que je ne sais plus que dire, qu'il n'y a plus rien à dire.

J'étouffe dans ma cellule. Je n'ai rien fait pour qu'on m'y jette. Je me dis que celui qui t'a tuée, Marie, doit se couler des jours tranquilles, peut-être heureux, maintenant qu'il sait qu'il ne risque plus rien, et que mon exécution le lavera définitivement de toute possibilité de soupçon. J'essaie parfois d'imaginer qui il peut être : un vagabond qui rôdait dans le bois ce matin-là, et qui a perdu la tête en te voyant ? Le cycliste qui s'est arrêté au sommet de la côte et a pénétré dans le bois pour se reposer, et dont j'ai rêvé une nuit ? Un promeneur passé par là en quête des derniers brins de muguet ? Était-ce un bon père de famille, qui avait réussi sa vie, qui courait à l'église tous les dimanches, qui gâtait sa femme et ses enfants, un homme respectable qu'on saluait dans la rue sans se douter que... Cet assassin était-il à mon procès, dans la foule qui m'insultait et applaudissait la sentence ? Me connaissait-il ? Le connaissais-je ?

Peu importe, puisqu'ils ont dit, même les plus hauts juges de Paris, que c'est moi qui t'avais ôté la vie. Et maintenant, demain, après-demain, ce sont eux qui vont m'ôter la mienne.

C'est sans doute imminent, je le sais, puisque maître Bloch doit se rendre à Paris pour rencontrer Giscard et lui demander ma grâce.

Un homme va trancher en son âme et conscience si on va me couper la tête ou si on va me la laisser sur les épaules. Dans une pensée hallucinante, je me pose la question que doit se poser tout condamné à mort, si ma tête tranchée tombée dans le panier en osier aura conscience, l'espace d'une seconde, qu'elle s'est détachée de moi ?

Si maître Bloch revient avec une mauvaise nouvelle, Marie, je vais bientôt venir te rejoindre, et ce sont sans doute les dernières pages que je t'écris. Avant qu'ils viennent me chercher, j'aurai caché ces feuilles sous ma paillasse, ils les retrouveront en faisant le ménage et en désinfectant ma cage pour effacer toute trace de mon passage toxique. J'écrirai tout de même qu'elles sont destinées au directeur. Après il en fera ce qu'il juge le plus utile.

Avec l'échafaud qui se dresse maintenant au bout du peu de chemin qu'il me reste, la mort est le dernier point sur mon horizon.

Tu pourrais être, Marie, la main qui m'accompagnera bientôt un prochain matin, sans doute cette semaine si les choses tournent mal, ce que je crois. Mais j'ai beau me torturer pour ne pas oublier ton visage, je sens que tu m'échappes. Tu m'es devenue invisible, impalpable.

Ma solitude, ma panique, ce n'est pas d'être seul, c'est d'avoir perdu tout de toi.

J'ai beau chercher l'écho de ta voix au fond de moi-même, je n'entends plus le son de tes mots, de tes questions posées en classe, de tes éclats de rire avec Julien en sortant du cours. J'essaie de t'imaginer un livre à la main. Tu m'es devenue muette, inaudible, fantôme.

Durant les premiers mois de ma détention, avant comme après mon procès, tu m'accompagnais dans mes quatre murs. Je te parlais, je te voyais. Je t'écrivais, et je te sentais là, nos mots étaient conversation, dialogue, tu étais ma compagne. Les tiens, de mots, me traversaient et m'apportaient la lumière. Je t'ai tout raconté, tu étais témoin de mon calvaire et tu le rendais moins insupportable. Il me semblait parfois sentir ton souffle à côté de moi. Nous étions deux. Je m'endormais avec toi, tu me réveillais la nuit. Aujourd'hui, tu n'es plus là, et moi je le suis tellement peu !

Peut-être est-ce cela qui m'a rendu fou, plus que les affres de la détention et l'incertitude de mon sort.

———

Tout le monde sait que maître Bloch est revenu de Paris. Que tout se joue en ce moment, que le président a peut-être pris sa décision. Même au-dessus de la ville, je le pressens, flotte un air de veille d'exécution.

Toute la journée, cognements dans ma tête, tremblements de tout mon corps. L'horloge dans mon crâne égrène le compte à rebours.

Un silence sépulcral au niveau du couloir où je suis reclus. Mauvais signe. Même les gardiens semblent marcher sur des œufs, sans bruit, sans un regard pour moi, comme si je n'étais déjà plus là. Même celui qui m'a apporté ma gamelle a évité de me parler. J'ai simplement vu dans ses yeux quelque chose de pas bon.

Il est temps, Marie, d'achever notre dialogue, et de te dire adieu, ou plutôt à bientôt...

———

Il est presque 23 heures. J'en suis sûr maintenant. Une certitude absolue.

On ne m'a rien dit pour la grâce. Donc c'est non.

Je m'étais réveillé ce matin avec un curieux sentiment, un sentiment que je n'avais pas connu depuis longtemps, comme un mélange de quiétude, d'apaisement, de sérénité, en dehors de toute peur et de toute révolte. C'est le signe que j'attendais. Maintenant, ils peuvent venir.

Je suis prêt.

Depuis deux ou trois semaines, c'était l'anxiété qui, me tordant le ventre, me tirait du sommeil, la peur du possible dernier jour, celle de devoir attendre encore l'aube d'après – même si celle qui venait de se lever me donnait un nouveau sursis : vivre encore un jour m'était rassurant et me permettait de continuer à t'écrire, même si je savais que se rapprochait, inexorablement, le matin de mon exécution, suspendue à la décision d'un homme qui, parce qu'il en avait l'épouvantable pouvoir, ordonnerait de mettre un terme à mon existence ou aurait pitié de mon âme. Seul un condamné à mort peut connaître ce supplice de l'attente, qu'il sache ou non quand la porte de sa cellule s'ouvrira pour la dernière fois.

Là, ce matin d'un nouveau jour d'enfermement, presque trois mois après ma condamnation, je le sais : ma grâce a été rejetée, et la justice va pouvoir exécuter sa sentence. Demain ? Après-demain ?

Je suis prêt. Tout est en ordre.

M'a conforté dans cette certitude, au cours de l'après-midi et de la soirée, une atmosphère particulière et inhabituelle dans la prison. Un ressenti, un pressentiment. Comme une veillée d'armes silencieuse et feutrée, la disparition étrange, presque surnaturelle, des bruits propres à l'univers carcéral. La prison s'est subitement tue. Les gardiens que je vois à travers mes barreaux marchent déjà à pas lents et feutrés, fantômes, sans dire un mot, sans me regarder. La prison va s'ouvrir dans quelques heures sur l'aube de ma décapitation.

Il est temps, Marie, de t'écrire mes derniers mots. Demain je te retrouverai.

L'aube arrive...

Voilà, Marie, je suis prêt.

Où que tu sois, je vais te revoir.

Tu m'ouvriras la porte, tu m'ouvriras peut-être tes bras, car ce n'est pas moi, tu le sais bien, le monstre.

Je ne t'ai rien fait subir de tout ce qu'ils ont dit et qui mérite ce qu'ils vont me faire tout à l'heure.

Ce n'est pas moi que tes yeux ont vu avant que tu les fermes, combien de fois leur ai-je dit qu'ils s'étaient trompés ! Ils ne m'ont pas cru, ils n'ont pas voulu me laisser leur expliquer, ils ont dit que ça ne pouvait être que moi, alors j'ai fini par les croire.

Par leur dire épuisé que oui c'était moi et, anéanti, que je n'avais aucune excuse.

Et c'est ce que je vais payer, là, bientôt, à la place d'un autre.

Qu'arrive l'aube, enfin. Je n'ai pas peur, depuis le temps que je l'attends, comme ma libératrice.

Ils ne me l'ont pas dit mais moi je le sais que la lame est prête, son tranchant affûté, son coulissement graissé, sa lourde chute d'un coup sec vérifiée, pour être sûr.

Ils vont arriver pour me prendre. C'est imminent.

Ils vont me dire qu'en haut lieu on a décidé de laisser faire les choses, qu'il me faut du courage. Puis ils vont m'escorter de ma cage vers un coin sombre de la cour, où ils vont me trancher le cou. Dans une heure, dans deux, peu importe pourvu qu'ils me laissent encore le temps de te dire mes tout derniers mots et achever cette longue confession que j'ai commencée au début de mon enfermement, il y a plus de sept mois, ce dialogue avec toi, à deux doigts de cette éternité où tu es déjà, et que je vais rejoindre.

Je les attends.

J'ai écrit tout ce que j'avais à te dire, tout ce qui s'est passé depuis ce jour de mai où ils sont venus me chercher chez moi pour m'emmener et me dire que je t'avais tuée, avant de me jeter au cachot, de me juger et de décider de me couper la tête, puis de me faire attendre dans une cellule ce jour qui arrive, où ils vont te venger avec leurs mains bien propres et leur bonne conscience.

Je les attends.

J'ai tout préparé, et affiné ma mise en scène. D'abord, le plus important, je ne marquerai aucune surprise à les voir entrer. La surprise, elle sera pour eux. Ils ne peuvent imaginer cette dernière folie que je leur réserve, et qui sans doute les hantera jusqu'à la fin de leur existence et à la mort de leur conscience.

J'irai décapiter leurs rêves. J'irai ensanglanter leurs certitudes.

Tant pis pour leur frustration, leur privation de tout ce à quoi ils s'étaient préparés, la procédure, les codes, la vieille tradition pénitentiaire du petit matin de honte qui clôt la marche de leur justice triomphante.

Tant pis pour le scénario qu'ils envisageaient, et dont ils sont peut-être en train de répéter les gestes et les formules là-

haut, dans le bureau du directeur, autour d'un café, comme un check-up lugubre, avec la consigne de me surprendre ensemble dans mon lit et de s'emparer de ma personne manu militari, *mais sans violence – surtout ne pas lui faire de mal, il faut qu'il puisse voir sa mort en face et crever dignement !*

Mais je serai là debout à les attendre, en pleine lumière, les bras croisés et le menton haut. Peut-être leur rirai-je même au nez.

Je les sentirai arriver au silence de la lente déambulation feutrée qui leur fera traverser le corridor et descendre l'escalier menant au cul de basse-fosse où ils m'ont enfermé, moi le monstre. Peut-être sont-ils déjà en route, prêts à sortir des coulisses pour entrer en scène.

Je me moque bien de leur procession dans le couloir vide de la prison, glissant idiotement sur les couvertures qu'on aura posées par terre pour éviter tout bruit qui puisse tirer de leur sommeil abruti les autres détenus ou me réveiller avant qu'il en soit temps.

Je me moque du probable doigt tremblant du directeur sur ses lèvres livides et sèches à l'approche de ma cellule pour imposer le dernier silence avant les trois coups du brigadier.

Je me moque de la clé dans la serrure qui l'ouvrira en une fraction de seconde, bien huilée des fois que son couinement me laisse le temps de sauter d'une fenêtre qui n'existe pas ou de me sauver par un tunnel imaginaire.

Je leur sourirai de toutes mes dents. De leur éblouissement stupide face à la lumière blanche de ma cellule éclairant, debout, celui qu'ils croyaient surprendre. De leurs yeux incrédules, de la bouche bée des gardiens qui n'auront même pas à me secouer pour me réveiller et qui se demanderont, frustrés du premier geste de la cérémonie, ce qu'ils doivent faire parce que ce n'est pas dans le règlement un condamné qui ne se laisse pas réveiller comme il faut.

Je sourirai de leurs mines de gens dépités, outrés peut-être que le type à tuer ait osé enfreindre le protocole sacré de sa propre mise à mort. Ces gens que j'aurai tirés de leur lit trop tôt parce que ça, couper vivant un type en deux, il ne faut pas que le soleil le voie, tu comprends, Marie, il ne faut pas le dire avant le lever des hommes, c'est entre eux, au tout petit matin, à l'aube et même avant, comme s'ils en avaient honte.

Je les attends.

Vite qu'on en finisse, qu'on fasse tomber le couteau de soixante-dix kilos qui propulsera ma tête dans la sciure du panier d'osier, qu'on ferme le cercueil en vulgaire copeau pressé, qu'on démonte et désinfecte le hachoir pour la prochaine tête à trancher, qu'on lessive à la hâte le sol ensanglanté, et que chacun de ces messieurs de la justice accomplie rentre chez soi, lit encore chaud à côté des rêves tièdes de madame, café croissants, retour au bureau après s'être fait confirmer par le flash de 7 heures d'Europe 1 que l'assassin de Marie Beaumont venait d'expier son crime à la prison de Metz et de payer sa dette à la Nation.

« Justice est faite », comme ils diront fièrement, comme ils l'avaient dit pour Ranucci, Buffet et Bontemps et comme ils le répéteront pour combien d'autres encore, à moins qu'un jour on décide d'arrêter la sanglante mascarade ? En attendant, une camionnette pénitentiaire emportera les deux morceaux de moi sans fleur ni couronne dans le coin retiré des réprouvés

du cimetière de l'Est, comme ils l'appellent, à la sortie de la ville.

Quand ils entreront, je serai face à eux, bras croisés, à les défier, à les toiser jusqu'à leur faire baisser les yeux, comme le moment venu je toiserai et défierai la lourde lame de fer qui s'abattra sur mon cou.

Ils me regarderont, ils se regarderont, les bras ballants, déçus et presque honteux d'avoir raté leur coup.

Je ne leur donnerai pas ce qu'ils veulent et ce qu'ils attendent, une tronche épouvantée et grimaçante de condamné à mort au bord de son exécution, des yeux exorbités s'ouvrant pour la dernière fois sur le jour pas encore levé mais sur le point, un regard de cauchemar, un visage halluciné d'homme qui a compris, qui hurle et qui chiale, qui se débat et qui se pisse dessus.

Ils n'auront pas à me dire d'un ton compassé que mon recours en grâce a été rejeté et qu'il me faut du courage, ce serait peine perdue, du courage j'en ai plus qu'eux, je les laisse à leur trouille, à leur honte et à leur conscience molle. Allez messieurs, je leur dirai, pas de cérémonie entre nous. Faites vite, l'aube n'attend pas et je suis pressé, ne me laissez pas rater ma sortie, ou plutôt mon entrée, mon rendez-vous avec Marie.

Et le cortège repartira en sens inverse, le directeur ouvrant la marche funèbre devant moi, deux gardiens de chaque côté qui regarderont mon cou en s'imaginant la lame le tranchant d'un coup sec et en se demandant si on sent quelque chose, le commissaire Bourgeois qui m'a imposé des aveux sans trop se forcer, le juge d'instruction qui me demandera si j'ai une ultime déclaration à faire à la Justice – à qui ? lui répondrai-je–, l'avocat général qui a exigé ma tête et qui l'a eue sur un plateau, mon avocat qui a échoué à me la laisser sur les épaules.

Ils couperont les cheveux encombrant ma nuque, avec de la vulgaire corde d'emballage ils me ligoteront, sans ménagement ils cisailleront à la va-vite le col de la chemise blanche toute propre et amidonnée, ils m'offriront une cigarette et un verre de schnaps que je refuserai, comme je refuserai ce prêtre qui ne sait plus ce qu'il vient faire dans cette galère.

Puis j'irai me coucher sur la planche de bois pour te rejoindre, Marie.

Je n'ai pas peur.

Ils arriveront bientôt.

Je les attends.

Après, ils pourront lire mon histoire, notre histoire.

La vérité sur l'affaire Marie Beaumont

1

Lettre de M. Philippe Toussaint
Directeur de la prison Maurice-Barrès à Metz
à Maître François Bloch

Metz, le 15 novembre 1978

Cher Maître,

Le 9 novembre dernier à l'aube, nous avons été parmi les témoins de l'exécution de Rainer Dietrich.

« Témoins » n'est pas le mot exact, vous en conviendrez, car, ne soyons pas hypocrites, conduire un homme à la mort ne ressort pas de l'ordre naturel et n'est pas dans celui des choses ordinaires, même au nom de la Loi et de la Justice. Nous avons tous été, plus que le bourreau peut-être, ses vrais exécuteurs, et nous avons tous nos mains éclaboussées de son sang, à des degrés divers mais tous.

Ceux qui ont assisté à sa mise à mort barbare garderont longtemps gravées en eux l'ignominie de ce matin-là, son atmosphère sinistre et les images hallucinantes de l'exécution d'un homme destinée à rester dans les annales de la justice, ou plutôt de l'in-justice, au rayon caché et cadenassé des pires *erreurs* judiciaires.

Je vous avoue que j'ai été personnellement très ébranlé par l'attitude de Dietrich entre le moment où nous avons ouvert la porte de sa cellule et celui où le couperet s'est abattu sur sa nuque.

Je vous avouerai que je n'en dors plus, et que le pauvre visage de martyr de Rainer Dietrich est constamment devant mes yeux.

Durant ma longue carrière, j'ai assisté à deux exécutions capitales à Metz. La première, c'était le 22 juillet 1952, celle d'Eugenio Cocchi, un Italien, qui avait été condamné pour le meurtre d'une veuve et de sa bonne à Metz ; j'étais alors au début de ma carrière, et je me souviens qu'au moment de partir à l'échafaud il avait insulté tout le monde, y compris l'aumônier, nous traitant d'assassins et de bandits, et il s'était tellement agité et débattu comme une bête à l'abattoir que les aides du bourreau avaient dû renforcer ses liens et le porter horizontalement jusque sur la planche.

La deuxième exécution à laquelle j'ai assisté, et vous y étiez, vous aussi, Maître, c'était celle de Gunther Volz, le 16 décembre 1967, voici presque dix ans, pour le viol et le meurtre d'une gamine de Yutz. Lui, il s'est montré doux comme un agneau. Comme quoi, d'un homme à l'autre...

Rainer Dietrich nous a tous pris de court, et nous a donné le sentiment que ce n'était pas nous qui le conduisions à la mort, mais que nous étions ses invités à une cérémonie dont il avait préparé tous les détails. C'est lui qui nous a menés dans la cour, face à nous-mêmes, face à l'inhumanité. Il était en quelque sorte le maître de cérémonie de son propre sacrifice. Qui était l'exécuté ? Lui, le pauvre innocent, ou nous qui étions en train de perdre notre âme, notre dignité, notre condition d'hommes ?

Souvenez-vous, il nous attendait, debout, en pleine lumière, il était là, prêt, on aurait dit qu'il avait hâte de partir, et je crois que c'était vrai. Notre déambulation ridicule, derrière lui, déterminé, tête droite, menant sa procession, encadré par les deux gardiens au visage blême, avait quelque chose d'une tragédie grecque, et nous nous demandions, moi en tout cas, si ce n'était pas lui qui nous conduisait au-delà de nous-mêmes, au cœur de notre honte, pris au piège de notre bassesse et de notre certitude d'avoir rendu *bonne justice*. Je me suis dit que l'infamie n'était pas sur lui, mais sur nous, et que c'était son triomphe d'homme face à la mort, sa victoire.

J'ai toujours eu du mal à croire qu'il ait pu assassiner la petite Beaumont, et qu'il ait été ce tueur violent et machiavélique que l'avocat général avait dépeint aux assises, et que, comme avocat de la défense, vous n'êtes malheureusement pas parvenu à sauver de la guillotine. Je crois que personne n'aurait pu réussir, car au fond de lui-même Rainer Dietrich savait qu'il n'avait plus rien à faire dans ce monde.

Je crois que dans un de mes rêves j'aurais pu lui ouvrir une nuit les portes de sa cellule et l'emmener dans ma propre voiture loin d'ici, loin des hommes.

Oserais-je vous dire aussi que le lynchage médiatique qu'il

a subi m'a considérablement choqué et m'a fait honte ? C'est vrai qu'après les affaires Ranucci et Patrick Henry l'atmosphère n'était pas à la clémence pour les assassins d'enfants, même si le caractère implacable de la Justice a pu être utilisé par certains comme un argument contre la peine de mort au nom de ce manque d'exemplarité du châtiment suprême auquel vous-même avez fait appel.

Quelques heures après l'exécution, un gardien m'a fait appeler pour me dire que Dietrich avait laissé dans sa cellule, caché sous son traversin, un paquet de feuilles écrites de sa propre main, qui m'était destiné. Je lui ai demandé de me l'apporter immédiatement dans mon bureau. Je me suis alors souvenu que, le soir même de sa condamnation à mort, il m'avait demandé l'autorisation de pouvoir écrire ; je n'avais aucune raison de refuser, et dès le lendemain je lui avais fait apporter un paquet de feuilles et un stylo à bille. Je supposais qu'il voulait écrire quelques lettres, prendre des notes lors de ses entretiens avec son avocat, mais j'étais loin d'imaginer qu'il rédigerait ce que j'avais maintenant devant mes yeux, et qui m'a à la fois bouleversé et terrifié.

Les deux dernières pages sont celles qu'il a écrites durant les ultimes heures avant son exécution. Il avait eu l'intuition que le moment fatidique était arrivé, que sa grâce avait été rejetée. Il semblait avoir eu la vision du déroulement presque exact de ce qui allait se passer entre notre entrée à pas de loup dans sa cellule et l'instant fatal, comme s'il avait réglé lui-même les détails de ce ballet funèbre, comme sa noce avec la mort avant de rejoindre la petite Marie

Beaumont que, j'en suis intimement persuadé, il n'a pas tuée.

Il s'adressait à elle en la tutoyant, comme si elle l'attendait, lui disant qu'il avait hâte de la rejoindre, qu'il était prêt, et que cette aube serait sa victoire.

Je ne me permettrai pas d'émettre un jugement sur le travail d'investigation et les conclusions de l'enquête, ni sur la manière dont a été menée l'instruction, encore moins le procès. Je suis un fonctionnaire assermenté, tenu par le devoir de réserve, et mes sentiments personnels n'ont aucune espèce d'importance dans le cadre de mes fonctions au service de la Justice et de l'administration pénitentiaire.

Sachez cependant, Maître, que la lecture de ce qu'a écrit Rainer Dietrich a instillé le doute en moi et a fini par me persuader de son innocence. Il ne peut avoir été le monstre que l'on a décrit, à qui la justice n'a laissé aucune chance. À lire son récit, je n'ai pu m'empêcher de penser qu'il a été la victime d'une sordide machination, policière mais beaucoup plus que cela en réalité. Cette certitude qui me tenaille toujours, n'engage que moi, et je ne me permettrais pas d'étaler mes doutes sur la place publique, ni de m'en livrer à quiconque.

Je voulais simplement vous faire part de l'existence de ce cahier, de cette confession ultime d'un homme que nous avons conduit ensemble à la guillotine pour expier ce que l'on a jugé comme étant son crime.

Étant le dépositaire de ce document, je ne puis en mon âme et conscience le conserver par-devers moi, et j'ai décidé de le remettre à la Justice, qui est la plus à même de décider de l'usage qui pourrait en être fait.

Peut-être décidera-t-elle de le jeter au feu, comme une malédiction dont elle et ses serviteurs porteront à tout jamais le poids. Mais le feu n'est-il pas aussi purificateur ?

Veuillez agréer, cher Maître, mes respectueuses salutations.

Philippe Toussaint

2

Dans la matinée du 9 novembre 1988, Marc Demonay, le rédacteur en chef du *Républicain Lorrain*, découvrit, dans la pile de courrier que sa secrétaire venait comme chaque jour de déposer sur son bureau, une grande enveloppe qui attira son attention au point qu'il décida de l'ouvrir avant les autres – peut-être son flair de vieux journaliste, ou un vague pressentiment qu'elle allait ou gâcher sa journée ou lui offrir le scoop de l'année.

Sans doute parce qu'elle était adressée, non à lui personnellement, mais à « Messieurs du journal de Metz » une formulation inhabituelle et presque mystérieuse, voire provocatrice.

L'écriture, maladroite, presque torturée, semblait avoir été volontairement déformée par son auteur, comme s'il redoutait d'être reconnu ou identifié. Ni nom ni adresse au dos de l'enveloppe bien sûr, ni aucun signe particulier. Marc Demonay suspecta la lettre anonyme, comme le journal en recevait parfois, et comme la plupart elle allait sans doute finir sa vie dans la corbeille. Mais sait-on jamais ? La taille et le poids de l'enveloppe annonçaient peut-être un long papier, une lettre ouverte peut-être bien, ou une déclaration quelconque.

Avant de l'ouvrir, il appela sa secrétaire dans le bureau voisin pour lui demander d'où venait l'enveloppe. Elle lui répondit qu'elle l'ignorait. L'enveloppe était avec le courrier du matin, et personne n'y avait fait vraiment attention.

Il l'ouvrit délicatement à l'aide de son coupe-papier fétiche en bois d'ébène, ramené d'un reportage en Centrafrique, et en sortit trois feuilles A4 pliées en deux, de la même écriture altérée et contrefaite que celle de l'enveloppe. Il chercha tout de suite la signature, et ne vit, il l'aurait parié, que la mention « Signé X ».

Mais, au bout des deux premières lignes, il sentit le sol se dérober sous ses pieds et la foudre s'abattre sur lui. Ce n'était pas seulement une lettre anonyme, c'était une catastrophe qui s'abattait sur lui, sur le journal, sur la ville, qui allait les propulser dix années en arrière en ouvrant une boîte de Pandore qu'on avait crue définitivement cadenassée et enterrée à six pieds sous terre.

Marc Demonay décrocha son téléphone d'une main tremblante, appela la présidente directrice générale du journal pour lui annoncer qu'il venait d'ouvrir une bombe, et, avec son accord, convoqua son staff dans son bureau. Après leur avoir annoncé qu'il y avait du nouveau dans « l'affaire Marie Beaumont » – tout le monde se regarda car presque tout le monde l'avait oubliée – il lut la lettre d'une voix lente, donnant à chaque mot la résonance tragique dont il était porteur :

« Il y a dix ans jour pour jour, un homme a été guillotiné à Metz. Il s'appelait Rainer Dietrich, un jeune prof. Ce type, eh bien il est mort pour rien. À ma place. Car la gamine, c'était moi. Lui, il n'avait rien fait.

J'ai été la machine infernale qui l'a fait accuser, qui a tout monté. À l'époque, je me souviens des titres de votre journal, vous avez tous cru que c'était un monstre. Je vous ai bien eus. J'ai été le manipulateur qui l'a fait expédier aux assises, et, indirectement, le bourreau qui a fait tomber le couperet sur sa nuque.

Oui, j'ai tué la petite Beaumont, à la croix de Saint-Clément, entre Gorze et Ancy, au pied d'un arbre. Dietrich était innocent, et j'ai décidé qu'il paierait pour moi.

Et il a payé, au prix le plus fort.

Pour que vous sachiez que je ne vous raconte pas de bobards, je veux vous apporter quelques détails qui vous prouveront que je dis la vérité.

La fille, elle s'est simplement trouvée au mauvais moment au mauvais endroit, en face d'un type qu'elle n'aurait pas dû rencontrer ce jour-là. Ce type, ce n'était pas ce prof, c'était moi.

C'était en début d'après-midi, peut-être vers 14 heures. Un lundi. J'avais pris une journée de congé au lendemain du 1er mai, je rentrais d'une virée en vélo du côté de Gorze. Il faisait une chaleur à crever, ça cognait fort, mes muscles étaient tétanisés. Plus le sommet de la route approchait, plus j'avais du mal à tenir ma droite, je zigzaguais d'un bord à l'autre, et une voiture a manqué me renverser en me doublant peu avant le haut de la côte, le type a klaxonné avec virulence comme si la route était à lui. J'ai mis pied à terre, et emprunté un petit chemin qui entrait dans la forêt, à gauche de la route. J'ai jeté mon vélo par terre, et je me suis affalé contre un tronc d'arbre, pas loin d'une croix en pierre, pour vider ma gourde et récupérer. J'aurais presque piqué un roupillon avant de repartir.

C'est alors que je l'ai aperçue, la gamine, à une cinquantaine de mètres de moi. Ça m'a fait comme un choc. Elle ne pouvait pas me voir. Elle était assise, adossée à un grand chêne, sa robe bleue remontée à mi-cuisses. Je la voyais de profil, elle était belle, immobile, sa peau était laiteuse, on aurait dit un tableau dont elle était le centre et la source de lumière. Elle lisait un livre à voix haute. Il s'est passé quelque chose dans ma tête abrutie de chaleur, comme un éclair de folie, un coup de feu, une explosion.

Il n'y avait pas de bruit, rien que les chants des oiseaux. Je me suis approché d'elle sans bruit, par derrière, à pas de loup. J'étais envahi d'un désir qui m'enlevait toute ma raison, je savais que j'allais faire une connerie, mais je m'en fichais, c'était plus fort que moi. J'ai écouté ce qu'elle lisait, elle parlait d'un hôpital, d'un médecin. Je regardais ses cheveux, son cou, ses cuisses, ma vue s'est brouillée subitement.

Elle ne m'a pas vu arriver, mais elle a tourné la tête au dernier moment. Je l'ai assommée avec une grosse branche qui traînait par terre, et puis tout s'est passé tellement vite... Elle a repris conscience au moment où je jouissais en elle, elle a voulu crier, elle me fixait de ses yeux bleus, alors je l'ai étranglée.

Quand tout a été fini et que je me sois calmé, j'ai vu, à côté d'elle et du livre encore ouvert, une lettre pliée en deux ; je l'ai lue. Elle était signée d'un certain Rainer Dietrich, un prof d'après ce qui était écrit, qui lui parlait d'un bouquin, je ne sais plus lequel. Il semblait, à travers certains mots, avoir le béguin pour elle, c'est vrai que la fille était belle, elle devait avoir 16 ou 17 ans.

Je me suis dit que ce type était une sale ordure, et qu'il devrait payer pour ça.

Alors, je ne sais pas ce qui m'a pris, pour brouiller les pistes j'ai dessiné avec le stylo rouge qui traînait près de son sac deux cœurs entrecroisés sous la signature du type, avec les initiales de son prénom et celui de la fille, Marie, avant de la froisser et de la déchirer en quatre morceaux que j'ai dispersés autour du bouquin, pour simuler une dispute, une rupture ayant pu aboutir à un crime passionnel... un prof amoureux de son élève, un rendez-vous qui tourne mal, ils s'engueulent, il la viole, il la tue, quel scénario, quel mobile ! Je me suis dit que pour les flics ce serait du pain bénit servi sur un plateau en argent, un crime parfaitement signé, et pour moi une assurance en béton si je faisais gaffe. Ils trouveraient vite le salopard qui avait fait ça, ce Dietrich dont le nom figurait sur la fameuse lettre. Je savais d'avance qu'ils s'acharneraient sur lui, il n'y aurait personne pour défendre un prof violeur et assassin d'une gamine. Surtout dans l'atmosphère des deniers mois où tout le monde vivait dans la peur à cause de tous ces crimes d'enfants.

Son nom m'a subitement rappelé celle d'un certain Gunther Volz, un légionnaire déserteur d'origine allemande, qu'on avait guillotiné à Metz dix ans plus tôt pour le viol et l'assassinat d'une fille de neuf ans, près de Thionville. À l'époque j'avais suivi l'affaire, découpé les articles, comme je le faisais avec toutes les affaires criminelles de ce genre, mon père le faisait déjà et j'avais récupéré sa collection morbide après sa mort. Ça m'a fait sourire, et je me suis dit que Dietrich, encore un nom allemand, ça ferait un coupable tout à fait présentable, facile à jeter en pâture à l'opinion comme on l'avait fait un an plus tôt avec Ranucci et Patrick Henry – sauf qu'eux étaient coupables et que Dietrich ne l'était pas, en tout cas ça ne ferait aucun doute. C'était imparable et sans risque, les flics ne chercheraient pas midi à quatorze heures, en deux jours ce serait plié, ils avaient l'habitude. Il fallait seulement que je fasse gaffe à moi.

Je suis reparti rapidement, après avoir vérifié que je n'avais rien laissé traîner de suspect sur place, le stylo surtout à cause des empreintes, et sans toucher à la fille. Je n'avais qu'une envie, boire une bière ou deux et rentrer me doucher pour effacer le souvenir et l'odeur du crime que je venais de commettre.

J'ai dévalé la côte à toute vitesse, l'esprit en feu.

À Ancy je suis entré dans le bistrot de la petite place, où je m'arrêtais parfois quand j'allais voir ma mère. Le patron me connaissait. J'ai paniqué en voyant une voiture de gendarmerie garée sur la place, mais je n'avais rien à craindre, pas dans l'immédiat en tout cas. Les gendarmes arrêtaient les voitures venant de Gorze ou traversant le village, pour des contrôles. Je me disais qu'ils n'auraient que deux à trois kilomètres à faire pour découvrir le corps de la fille dans le bois, j'aurais même pu leur dire que j'avais entendu des hurlements, qu'il devait s'y être passé quelque chose, mais je n'avais pas envie qu'ils me demandent mon nom et qu'ils s'intéressent d'un peu trop près à moi, je savais bien comment ça se passait dans ce genre d'histoire.

Je me souviens qu'au moment où je posais mon vélo contre le mur du bistrot, un type énervé discutait avec deux gendarmes en train de vérifier ses pneus arrière. J'ai avalé mes deux bières et repris mon vélo. Les gendarmes étaient partis, le type aussi. J'ai continué ma route pour aller voir ma mère à Corny.

C'est le lendemain matin qu'un promeneur a découvert le corps de la fille. Le mercredi, deux jours après le meurtre, un gros titre en noir à la une du journal, accompagné d'une photo du lieu du crime, la croix de pierre et un grand arbre à l'arrière-plan, annonçait la nouvelle et les soupçons pesant déjà lourdement sur un des professeurs de la victime, sans dire son nom, mais moi je le savais. À la télé, ils ont commencé à en parler, et l'affaire a tout de suite fait la une de l'actualité, comme les affaires criminelles des années précédentes.

Dietrich a été arrêté le même jour à son domicile dans le quartier de Queuleu, et présenté au commissaire principal Bourgeois, qui avait déjà mené l'enquête sur Volz.

Dietrich était prof de lettres au lycée Fabert, Marie Beaumont était bien l'une de ses élèves, et il a été rapidement accusé de son assassinat. Il a signé ses aveux le lendemain en fin d'après-midi, après une enquête menée tambour battant. J'avais vu juste. Inutile de dire qu'une chape de peur s'est abattue sur la ville, relayée et entretenue comme elles savaient si bien le faire par la presse et les infos télévisées. Je me suis dit que le type n'avait aucune chance de s'en sortir, et qu'il n'y couperait pas.

J'étais tranquille. Dommage pour la fille. Et tant pis pour lui.

Comme je le faisais à chaque fois qu'il y avait un crime dans la région, j'ai découpé les articles du journal. J'ai assisté au procès, qui a été expédié en deux jours. J'ai lâchement applaudi, comme une grande partie de l'assistance, à l'annonce de sa condamnation à mort, même que certains l'ont traité de « sale boche ».

Il l'avait bien mérité.

Affaire classée.

Il ne me restait plus qu'à brûler un cierge dans une église pour que son pourvoi soit rejeté, et un autre pour que Giscard laisse à nouveau, comme on dit, la Justice suivre son cours. J'ai été entendu, et Dietrich a payé, mais pour rien, et à ma place.

Voilà, vous savez tout.

Signé X

3

Rainer Dietrich était innocent : la confession de l'assassin de Marie Beaumont !

avait titré à la une le *Républicain Lorrain* le jour suivant, sur toute la largeur de sa première page et en caractères encore plus grands que ceux qui avaient annoncé l'exécution de Dietrich dix ans plus tôt.

Sous le titre, une vieille photo de Rainer Dietrich menotté à la sortie du tribunal.

La confession de l'auteur de la lettre occupait deux colonnes, avec au centre une autre photo, celle de Marie Beaumont.

Ce fut la première bombe.

Tout le monde avait oublié « l'affaire », et la parution brutale et inattendue des révélations de l'homme qui se prétendait le meurtrier déclencha une série de réactions en chaîne qui assomma tous ceux qui, directement ou non, de la police au palais de Justice et à l'administration pénitentiaire, avaient été concernés par l'affaire Marie Beaumont et le cas de Rainer Dietrich.

Maître Bloch, le défenseur de Dietrich, donna dès la fin de

l'après-midi, dans une salle du palais, une conférence de presse qu'il ne put même pas achever, face au tumulte et aux insinuations graves des journalistes, et aux insultes des personnes qui avaient réussi à envahir la salle, qu'il fallut faire évacuer par un car de police.

Il y eut une deuxième bombe, tout aussi ravageuse, qui éclata trois jours plus tard. L'ancien commissaire divisionnaire Edmond Bourgeois, qui vivait reclus depuis cinq ans au fond d'un village de la Meuse, fracassait sa voiture contre un arbre, sur une longue ligne parfaitement droite près de Bar-le-Duc. Le lendemain, les gendarmes retrouvèrent sur son bureau une feuille avec ces seuls mots :

« *Je savais depuis le début. Tout. Pardon* ».

Un journaliste parisien du *Figaro*, qui avait à l'époque couvert le procès, tenta bien de reprendre l'affaire à zéro et échafauda des hypothèses sur un complot policier, avant de renoncer sur ordre de sa direction. On ne savait pas ce qu'étaient devenus les inspecteurs qui avaient mené l'enquête, Duroc et Corbino : eux seuls auraient pu parler, et aux Trois-Boulangers ce fut Fort Alamo, personne ne rentre, le mutisme le plus complet.

Le samedi qui suivit la confession de l'assassin présumé, une centaine d'élèves et de professeurs des lycées de Metz, Fabert en tête, manifestèrent dans les rues de la ville derrière les calicots de la Ligue des Droits de l'Homme et un collectif d'avocats. Plusieurs dizaines d'anonymes se joignirent au cortège. Après avoir déposé une gerbe de roses blanches devant l'entrée du lycée Fabert « À la mémoire de Rainer Dietrich », ils se rendirent au palais de Justice afin de remettre au bâtonnier une pétition en faveur de la révision de son procès. Le bâtonnier refusa de recevoir la délégation mais accepta d'examiner la demande et de la transmettre à la chancellerie, ce qui ne laissait guère de chance à la mémoire de Rainer Dietrich.

Les deux premiers noms qui apparaissaient dans la longue liste des signataires de la pétition étaient ceux d'un certain Julien Roussel, jeune journaliste aux *Dernières Nouvelles d'Alsace*, et d'une avocate du barreau de Metz, Monique Anselme, qui dix ans plus tôt avait participé à la défense de Dietrich. Quelque temps après l'exécution de celui-ci, ils avaient tenté de chercher à prouver son innocence, mais toutes les portes s'étaient fermées, et personne ne voulait remuer la boue de cette sordide affaire.

Devant l'entrée monumentale du palais, surmontée d'un bas-relief représentant la Justice protégeant ses enfants, ils prirent la parole devant des dizaines de personnes, qu'ils invitèrent à se rendre en début de soirée à l'endroit où devait se trouver la tombe de Rainer Dietrich, perdue au fin fond du cimetière de l'Est, pour déposer une autre gerbe. On ne la trouva pas, alors symboliquement on la posa au pied de la statue d'un ange dans le vieux carré historique.

On ne sut jamais qui était le signataire de la lettre anonyme, donc le véritable assassin. Pour certains, les flics de l'époque n'étaient pas clairs, des choses avaient été cachées ou maquillées, on se mit à parler de complot politico-judiciaire, on allait même jusqu'à évoquer un lien sordide avec les origines allemandes de Dietrich. Puis, passés l'émotion, la colère et les regrets, l'affaire retomba dans l'oubli. Personne n'allait remuer une histoire qui avait conduit un innocent à la guillotine. D'ailleurs, la peine de mort avait été abolie en France à l'automne 1981.

Rainer Dietrich avait été le dernier guillotiné à Metz. Tout cela était du passé. On ne saurait jamais qui avait tué Marie Beaumont…

4

Jusqu'à ce jour d'avril 2019 où, agonisant d'un cancer généralisé à l'hôpital Claude-Bernard de Metz, un homme confia à l'aumônier venu le confesser qu'il était le meurtrier de la croix Saint-Clément, l'assassin de Marie Beaumont, un crime pour lequel un autre avait payé de sa vie à sa place quarante ans plus tôt.

Le prêtre, lié par le secret de la confession, lui assura qu'il garderait cet aveu jusque dans sa propre tombe, avant de lui donner l'absolution du bout de ses doigts tremblants et d'une voix écorchée vive qui l'envoyait direct en enfer.

Lors de ses obsèques au cimetière d'Ars-sur-Moselle, trois jours plus tard, l'un de ses vieux collègues, Maurice Corbino, dit *Rizio*, rappela sur sa tombe que son ami Jules Duroc, « un flic exemplaire comme on n'en fait plus », avait passé une partie de sa carrière au commissariat central de Metz, rue des Trois-Boulangers, entre 1971 et 1985, et qu'il avait collaboré avec le commissaire Edmond Bourgeois à élucider de nombreuses affaires criminelles.

Sans citer toutefois celle qui avait conduit Rainer Dietrich à l'échafaud.

Imprimé par
Print Group Sp. ZO.O
Szczecin - POLOGNE